漫畫文學經典

福爾摩斯
與巴斯克維爾的獵犬

改寫自柯南·道爾原著小說

(只是刪減了一點點而已!)

★ ★ ★

感謝亞瑟·柯南·道爾
希望他不會介意

★ ★ ★

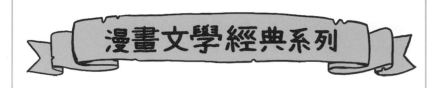

漫畫文學經典系列

福爾摩斯
與巴斯克維爾的獵犬

原著
亞瑟‧柯南‧道爾

改寫、繪圖
傑克‧諾爾

譯者
郭庭瑄

三民書局

華生醫生

（就是我！）

夏洛克・福爾摩斯

我們的家

221B

貝克街

姓名：

約翰・海密許・華生

年齡：

29歲

地址：

英國倫敦貝克街221號B

職業：

退休軍官

夏洛克・福爾摩斯的

死黨兼助手

關於我：

我負責如實敘述我們的冒險故事，

詳細記錄福爾摩斯（在我的幫忙下）

解開的案子，讓全世界的人

都知道他的豐功偉業。

第一章

巴斯克維爾的詛咒

夏洛克‧福爾摩斯先生正坐在餐桌旁吃早餐，他通常都很晚起床，不然就是熬夜到天亮。我站在壁爐前的地毯上，拿起昨晚那位訪客遺留下來的手杖。

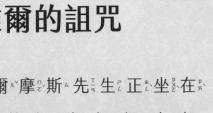

那名訪客來的時候，我們剛好外出，所以這是他留下來的唯一一線索。

約翰‧華生醫生
偉大偵探的死黨！

手杖男之謎！
把手杖留在這裡的神祕訪客是誰？

這是一根很粗的木製手杖，它的作工精細，頂端有個圓頭握把，圓頭下方有一圈寬約二點五公分的銀環，上面刻著：

致 M.R.C.S. 詹姆士·莫蒂默
C.C.H. 友人，1884年贈

哎，華生，你對這位客人留下的手杖有什麼看法？

背對著我坐的福爾摩斯說。

你怎麼知道我在幹嘛？

我問道。

你的後腦勺長眼睛啦！

「我眼前有個擦得很亮的鍍銀咖啡壺呢，」

他說。

「好了，華生，告訴我，你對這根手杖有什麼看法？」

「我覺得，這根手杖的主人是一個年長、事業有成的醫界人士。」

有意思，但這是很基本的推理。

他邊說邊拿走手杖，坐在他最喜歡的沙發一角。

這很基本

「這很基本，親愛的華生！」是福爾摩斯的經典口頭禪，意指華生的推理都是一眼就能看穿的事實。M.R.C.S. 是「皇家外科醫學院院士」的英文縮寫，所以這名神祕的訪客當然是醫界人士囉！

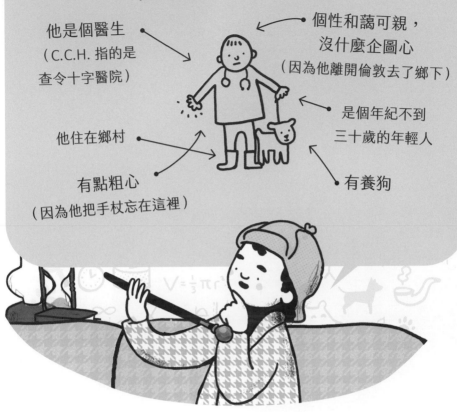

關於這名手杖男的推論

他是個醫生
（C.C.H. 指的是
查令十字醫院）

個性和藹可親，
沒什麼企圖心
（因為他離開倫敦去了鄉下）

他住在鄉村

是個年紀不到
三十歲的年輕人

有點粗心
（因為他把手杖忘在這裡）

有養狗

我ㄨㄛˇ懷ㄏㄨㄞˊ疑ㄧˊ的ㄉㄜ˙笑ㄒㄧㄠˋ了ㄌㄜ˙笑ㄒㄧㄠˋ。福ㄈㄨˊ爾ㄦˇ摩ㄇㄛˊ斯ㄙ站ㄓㄢˋ起ㄑㄧˇ身ㄕㄣ，在ㄗㄞˋ房ㄈㄤˊ間ㄐㄧㄢ裡ㄌㄧˇ踱ㄉㄨㄛˋ步ㄅㄨˋ。

你ㄋㄧˇ怎ㄗㄣˇ麼ㄇㄜ˙
知ㄓ道ㄉㄠˋ他ㄊㄚ有ㄧㄡˇ
養ㄧㄤˇ狗ㄍㄡˇ？

我ㄨㄛˇ問ㄨㄣˋ。

他走到窗前，停下腳步。「手杖上很明顯有狗的齒痕。從兩處齒痕的寬度來看，我認為這隻狗的下巴應該比㹴犬寬，但比獒犬窄。

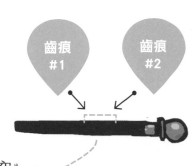

齒痕 #1

齒痕 #2

喜歡狂叫的
小型犬
（下巴超級窄）

貴賓狗
（下巴
非常窄）

㹴犬
（下巴很窄）

這隻神祕狗狗

獒犬
（下巴很寬）

巨型犬
（下巴非常寬）

應該是 —— 對，沒錯，一定是一隻**捲毛獵犬**。」

老兄，你**怎麼能**這麼肯定呢？

很簡單，因為那隻狗正好坐在門口臺階上，牠的主人就在牠旁邊。

請進！

那個男人一進門看到福爾摩斯拿著他的手杖，便迫不及待的跑過來。「幸好找到了，」他說。「無論如何我都不願失去這根手杖。」

他向我們自我介紹。原來他是來自德文郡的詹姆士·莫蒂默醫生。

福爾摩斯先生，我會來找你，是因為我突然遇到一個很不尋常，又極為嚴重的問題。

我的口袋裡有一份手稿。

你一進門我就注意到了。

典型的福爾摩斯！

是一份很古老的手稿。

莫蒂默醫生說。

十八世紀早期的吧，除非是偽造的。

福爾摩斯
再次出招！

「這是查爾斯‧巴斯克維爾爵士託付給我的，」莫蒂默醫生回答。

「他三個多月前突然慘死，在德文郡引起很大的騷動。這份手稿記錄著巴斯克維爾家族的傳說，查爾斯爵士很認真看待這件事。」

德文郡日報
每日出版　　每日於當天郡出刊　　免費領取
本地男子喪命

查爾斯‧巴斯克維爾爵士驟逝‧本郡上下不勝哀戚。
如大家所知，會爾斯爵士在前夕的夜裡買下興建大筆財富，他入住巴斯克維爾莊園不過短短兩年。

沒有理由懷疑會爾斯爵士進入探路，因他早已有好一段時開身體健康欠佳。但，這也許也太小了，這個仰版是麼給媽媽嗎？讓你這裡辛苦了，不過別讓細胞素嚇了，你還有愛它們呢！

快翻頁看看是什麼傳說！

巴斯克維爾莊園
1742年

在一個世紀前的內戰期間，這座莊園為雨果・巴斯克維爾所有。

他是個非常粗鄙、不敬重上帝，且惡劣的人。

雨果偶然愛上了一個農家女孩。女孩的爸爸在莊園附近擁有幾畝土地。

可是因為雨果的惡名，少女想盡辦法躲著他。

於是某個九月夜晚，雨果帶著五、六個壞朋友偷偷溜進農家，綁架了這名少女。

他們把少女帶到莊園，關進樓上的房間，而雨果則和朋友在樓下喝酒狂歡。

不過這名可憐的少女比他們想的還勇敢。

她鑽出窗，沿著爬滿藤蔓的南牆爬下來（至今那面牆依舊布滿藤蔓），

然後越過曠野往家的方向跑去。

不久，雨果上樓想看看他的俘虜，卻發現房間空蕩蕩的——少女逃走了。

他大發雷霆，變得像惡魔般恐怖。

他飛也似的衝下樓進到飯廳，跳上餐桌大吼：

快放狗追她！

他把少女的手帕湊近獵犬，讓牠們記住她的氣味後，便騎著馬，奔向月光照耀的曠野。

嗅！

雨果的朋友們也上馬，準備展開追捕。

這群男士騎著馬向前奔馳。

可是不久，他們就聽見曠野傳來馬匹奔馳的聲音，接著出現一幕讓他們手腳發冷的景象，只見雨果的馬口吐白沫從他們身旁跑過，馬鞍上空無一人，韁繩也拖在地上。

這一行人嚇得聚在一起，被一股強烈的恐懼籠罩。

他們慢慢騎向前，終於趕上那群獵犬。

這群以勇敢聞名的獵犬瞪大眼睛，擠成一團嗚嗚叫，盯著前方一條狹窄的小溝。

月光灑落在空地上，空地中央躺著……

雨果‧巴斯克維爾的屍體。

但讓他們寒毛直豎的並不是他的屍體，而是在一旁猛扯他喉嚨的身影。

那是一隻體型龐大、毛色黝黑的可怕野獸。牠的身形看起來很像獵犬，只是沒有人見過這麼巨大的獵犬。

他們眼睜睜看著那頭神祕的野獸撕開雨果的喉嚨。

然後，野獸突然轉頭望向他們，**雙眼閃閃發光**，

口水不停從大嘴滴落。

一行人嚇得尖聲大叫，急忙騎馬逃命。就連越過了曠野還不斷慘叫。

據說其中一人被當晚看到的景象活活嚇死，另外兩人也精神失常的度過餘生。

這就是獵犬傳說的由來。從那時起，這個傳說便不斷折磨著巴斯克維爾家族。許多家族成員**莫名其妙暴斃**，而且**死狀淒慘**。

我——查爾斯‧巴斯克維爾——在此命令你們，千萬別在黑夜降臨、**邪惡力量猖獗**時穿越曠野。

莫蒂默醫生從口袋裡掏出對折的報紙。「福爾摩斯先生，現在我要告訴你一件最近發生的事。這裡有一篇短文，是關於查爾斯・巴斯克維爾爵士的死……」

查爾斯・巴斯克維爾爵士驟逝，本郡上下不勝哀戚

查爾斯爵士是赫赫有名的富翁，他入住巴斯克維爾莊園不過短短兩年。

謀殺？

沒有理由懷疑是謀殺，因查爾斯爵士已經有好一段時間身體健康欠佳。

查爾斯爵士（在世時）

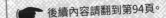
後續內容請翻到第94頁。

「此案件的經過相當簡單，」莫蒂默醫生繼續讀著報紙。「查爾斯爵士習慣每晚睡前沿著巴斯克維

爾莊園知名的紫杉道散步。五月四日那天晚上，他照常外出活動，卻再也沒有回來。那條路上有一道通往曠野的柵門，查爾斯爵士曾在門前短暫逗留，接著便沿著紫杉道往前走。他被發現的時候，屍體就躺在紫杉道的盡頭。在他經過通往曠野的柵門之後，他的足跡就變了，看起來他似乎是踮著腳尖走。

在查爾斯爵士身上也沒有跡象顯示他曾遭受暴力攻擊。

據了解，查爾斯爵士最近的血親是亨利·巴斯克維爾先生，也就是他弟弟的兒子。」

莫蒂默醫生折好報
紙，塞回口袋。

這些都是公開的
資訊，福爾摩斯
先生。

那就給我
一些沒有公開
的消息吧。
福爾摩斯說。

「我沒理由對你隱瞞。」莫蒂
默醫生開始激動起來。

「曠野的居民很少，住得比較
近的人關係自然比較密切。也正因
為如此，我和查爾斯爵士經常見
面。除了拉福特莊園的
法蘭克朗先生、自然學
家史塔普頓先生和他妹
妹之外，附近沒有其他
住戶了。」

法蘭克朗先生
住於拉福特莊園

他接著說：「過去幾個月，查爾斯爵士變得緊張兮兮，瀕臨崩潰。他對我剛才念給你們聽的那個傳說深信不疑，晚上絕不會踏入曠野半步。他相信可怕的災禍會降臨在巴斯克維爾家族身上。他問過我好幾次，有沒有看見什麼奇怪的動物，或是聽見獵犬的嚎叫。」

「而且，查爾斯爵士暴斃當晚，管家巴瑞摩跑來找我。」

史塔普頓先生
自然學家

巴瑞摩先生
查爾斯爵士的管家

← 他成為自然學家，因為他熱愛大自然

醫生，
是查爾斯爵士……
你最好快點過來！

我馬上去

「出事後不到一小時，我就趕到巴斯克維爾莊園。我仔細檢查過他的屍體，在我來之前沒有人動過他。查爾斯爵士趴在地上，雙臂往外伸，手指插在泥土裡。他的臉部因為抽搐而緊皺在一起，我幾乎認不得他。他的身體也沒有明顯外傷。不過警方訊問時，巴瑞摩有句供詞與事實不符。他說屍體周圍的地上沒有任何痕跡，他什麼都沒看到。可是我看到了。」

「是腳印嗎？」

「對，腳印。」

「男人還是女人的？」

莫蒂默醫生壓低聲音，近乎耳語。

福爾摩斯先生，是巨大的獵犬腳印！

第二章

命案疑雲

聽到這些話，我忍不住打了個冷顫。福爾摩斯身子前傾，雙眼炯炯發光，他只有在很感興趣時才會露出這種神情。

「你真的看到了？」

就像我現在看著你一樣清楚。那些腳印距離屍體大約二十碼，但沒有人覺得有問題。

我想，要是我沒聽過那個傳說，我可能也不會在意。

「那天晚上天氣如何？」

「又溼又冷。」

「紫杉道長什麼樣子？根據你的說法，紫杉樹籬上有道門對吧？」

「對，一道通往曠野的柵門。」

「你看到的獵犬腳印，是在和柵門同一側的路上嗎？」

「對。」

「這下有意思了。柵門是關起來的嗎？」

「關著，而且還上了鎖。」

「柵門有多高？」

「大概四英尺。」

「所以任何人都翻得過去囉？」

「沒錯。」

「依你所見，柵門上有什麼痕跡嗎？」

「我實在摸不著頭緒。根據掉在地上的兩處雪茄菸灰，查爾斯爵士顯然在門前站了五到十分鐘。」

福爾摩斯不耐煩的用手拍著膝蓋，接著大喊：

要是我在那裡就好了！

這件案子非常耐人尋味，

你當時怎麼不叫我去呢！

啪！

巴斯克維爾
家族的居所，
他們大概在這
裡住了一輩子

當地人
很仰賴他們

曠野

杳無人煙、
死氣沉沉的荒野

巴斯克維爾
莊園

紫杉道

查爾斯爵士在
這裡住了兩年

查爾斯爵士
正常的腳印

天氣：
又溼又冷
日期：
五月四日

星際大戰日
（願原力與你同在）
和這案件有關聯嗎？

查爾斯爵士
彈掉的雪茄菸灰

他在這裡站了
好一段時間

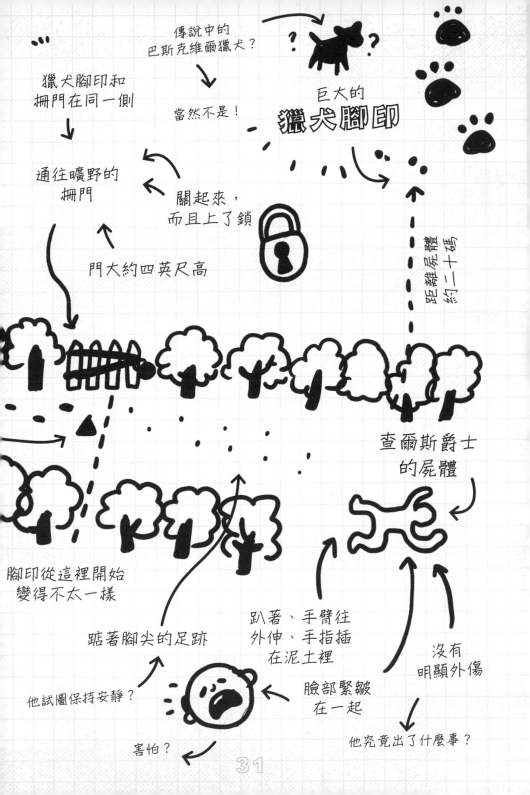

傳說中的
巴斯克維爾獵犬？

當然不是！

巨大的
獵犬腳印

獵犬腳印和
柵門在同一側

通往曠野的
柵門

關起來，
而且上了鎖

門大約四英尺高

距離屍體
約二十碼

查爾斯爵士
的屍體

腳印從這裡開始
變得不太一樣

踮著腳尖的足跡

趴著、手臂往
外伸、手指插
在泥土裡

沒有
明顯外傷

他試圖保持安靜？

臉部緊皺
在一起

害怕？

他究竟出了什麼事？

31

「我沒辦法請你去，福爾摩斯先生，不然這些事情就會公諸於世。再說……有些領域就連最老練的偵探都無能為力。」

你是說，這是一起超自然事件？

「在這樁悲劇發生之前，已經有不少人在曠野看過疑似巴斯克維爾惡魔的身影。所有目擊者都說那是隻體型龐大、在暗夜中發光，如鬼魂般恐怖的生物……」

「難道你，一個受過科學訓練的人，也相信這是超自然事件？」

「我不知道該相信什麼。」

福爾摩斯聳聳肩。

那我能怎麼幫你？

「我希望你能給我建議，我該拿亨利‧巴斯克維爾爵士怎麼辦？他差不多……」莫蒂默醫生看了一眼手錶說：「一個小時又十五分後就會到滑鐵盧車站了。」

「他就是繼承人嗎？」

「對。根據我們的調查和了解，他過去一直在加拿大務農，而且是個很好的人。」

亨利‧巴斯克維爾爵士
一個很好的人

「沒有其他親屬了嗎？」

「沒有。我們唯一能追溯到的另一個家族成員是羅傑‧巴斯克維爾，他是巴斯克維爾三兄弟中的老么，查爾斯爵士是老大，至於老二——也就是亨利爵士的父親——很年輕就去世了。羅傑是家族裡的叛逆分子，聽說他長得就像雨果的翻版。他逃到中美洲，後來得了黃熱病，在一八七六年逝世。」

巴斯克維爾三兄弟

查爾斯‧巴斯克維爾
近日死於巴斯克維爾莊園

老二
很年輕就去世了

羅傑‧巴斯克維爾
長得和雨果很像，
死於1876年

亨利‧巴斯克維爾
老二的兒子，是個好人

（對了，這本書的背景設定在1889年喔！）

「亨利爵士是巴斯克維爾家族僅存的血脈。再過一小時又五分鐘，我就要去滑鐵盧車站接他了。福爾摩斯先生，請問我該怎麼做？」莫蒂默醫生問道。

為什麼不帶他到祖輩們居住的巴斯克維爾莊園？

福爾摩斯問。

所有去那裡的家族成員都會遭逢**可怕的厄運**。我相信，如果查爾斯爵士臨死前來得及跟我說話，他一定會警告我，別帶繼承人去那個恐怖的地方。

但無可否認的是，唯有他入主莊園，貧困荒涼的鄉村才有可能繁榮。

<u>我該拿亨利怎麼辦？</u>

帶他去巴斯克維爾莊園，讓他身陷可能的危險？

要他遠離莊園，讓仰賴莊園主人的鄉村居民失去工作和財產？

福ㄈㄨˊ爾ㄦˇ摩ㄇㄛˊ斯ㄙ想ㄒㄧㄤˇ了ㄌㄜ˙一ㄧ下ㄒㄧㄚˋ。

「莫ㄇㄛˋ蒂ㄉㄧˋ默ㄇㄛˋ醫ㄧ生ㄕㄥ，我ㄨㄛˇ建ㄐㄧㄢˋ議ㄧˋ你ㄋㄧˇ去ㄑㄩˋ滑ㄏㄨㄚˊ鐵ㄊㄧㄝˇ盧ㄌㄨˊ車ㄔㄜ站ㄓㄢˋ接ㄐㄧㄝ亨ㄏㄥ利ㄌㄧˋ・巴ㄅㄚ斯ㄙ克ㄎㄜˋ維ㄨㄟˊ爾ㄦˇ爵ㄐㄩㄝˊ士ㄕˋ，但ㄉㄢˋ在ㄗㄞˋ我ㄨㄛˇ做ㄗㄨㄛˋ出ㄔㄨ決ㄐㄩㄝˊ定ㄉㄧㄥˋ前ㄑㄧㄢˊ什ㄕˊ麼ㄇㄜ˙都ㄉㄡ別ㄅㄧㄝˊ告ㄍㄠˋ訴ㄙㄨˋ他ㄊㄚ，明ㄇㄧㄥˊ天ㄊㄧㄢ早ㄗㄠˇ上ㄕㄤˋ十ㄕˊ點ㄉㄧㄢˇ再ㄗㄞˋ帶ㄉㄞˋ他ㄊㄚ來ㄌㄞˊ這ㄓㄜˋ裡ㄌㄧˇ找ㄓㄠˇ我ㄨㄛˇ。」

「沒ㄇㄟˊ問ㄨㄣˋ題ㄊㄧˊ，福ㄈㄨˊ爾ㄦˇ摩ㄇㄛˊ斯ㄙ先ㄒㄧㄢ生ㄕㄥ。」莫ㄇㄛˋ蒂ㄉㄧˋ默ㄇㄛˋ醫ㄧ生ㄕㄥ匆ㄘㄨㄥ匆ㄘㄨㄥ把ㄅㄚˇ約ㄩㄝ定ㄉㄧㄥˋ的ㄉㄜ˙時ㄕˊ間ㄐㄧㄢ寫ㄒㄧㄝˇ在ㄗㄞˋ袖ㄒㄧㄡˋ口ㄎㄡˇ，然ㄖㄢˊ後ㄏㄡˋ急ㄐㄧˊ忙ㄇㄤˊ離ㄌㄧˊ開ㄎㄞ了ㄌㄜ˙。

買牛奶
找手杖
明天早上10點帶亨利
到貝克街見福爾摩斯

他正準備走下臺階的時候，福爾摩斯又叫住他。「還有一個問題，莫蒂默醫生。你說在查爾斯爵士死前，有幾個人在曠野看過那個鬼魂般的怪影？」

「三個。」

「他死後還有人看見嗎？」

「目前沒聽說。」

「謝謝。再見。」

接下來一整天，我都待在俱樂部裡消磨時間，直到傍晚才回貝克街。

沒錯，我除了幫助福爾摩斯外也有自己的生活啦！

我打開門，第一個想法是「失火了」。屋裡煙霧瀰漫，我透過朦朧的煙隱約看見福爾摩斯穿著睡袍蜷縮在扶手椅上，嘴裡叼著黑色陶製菸斗。

> 我去了一趟德文郡！

他說。

> 神遊嗎？

> 沒錯。你離開後，我拿到曠野當地的地圖，思緒就在地圖上轉了一整天。

他攤開一部分的地圖，放在膝蓋上。

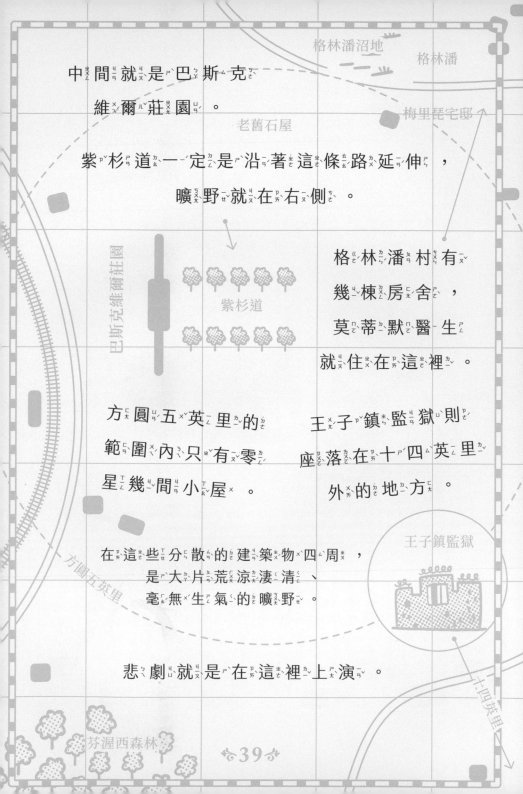

中間就是巴斯克維爾莊園。

紫杉道一定是沿著這條路延伸，曠野就在右側。

巴斯克維爾莊園

紫杉道

格林潘村有幾棟房舍，莫蒂默醫生就住在這裡。

方圓五英里的範圍內只有零星幾間小屋。

王子鎮監獄則座落在十四英里外的地方。

在這些分散的建築物四周，是大片荒涼淒清、毫無生氣的曠野。

悲劇就是在這裡上演。

格林潘沼地

格林潘

梅里琵宅邸

老舊石屋

王子鎮監獄

方圓五英里

十四英里

芬渥西森林

「眼前有兩個問題，」福爾摩斯說。「一，究竟有沒有發生犯罪事件。二，那是什麼樣的犯罪事件，事發過程又是如何？你有什麼想法？」

查爾斯爵士命案
兩個問題：
一、有犯罪事件嗎？
　　二、如果有，
　　事發過程
　　又是如何？

「我覺得很複雜，疑點重重。」我回答。

「這倒是，比方說腳印的轉變就很奇怪。你怎麼看？」

正常的腳印

腳印變了
為什麼？

「莫蒂默醫生
說查爾斯爵士
踮著腳尖走。」

「為什麼他要踮著腳尖走？
他是在跑，華生，**他拚了命的跑**。
他一直跑到心臟病發，
臉朝下倒地為止。」

「他想逃離什麼？」
「這就是問題所在。種種跡象
顯示，查爾斯爵士嚇得魂飛魄散。
我推測他恐懼的根源來自曠野。
當天晚上他在等誰？」

「你認為他在等人？」

「他年事已高、健康狀況不好，況且當晚地面潮溼、天氣寒冷，一個虛弱的老人站在那裡五到十分鐘正常嗎？」

「可是他每天晚上都會出去散步啊。」

「他一直盡可能遠離曠野，我想他不太可能每天晚上都在門邊等，但事發當晚他確實在那等著。案情有點眉目了，華生。麻煩你把小提琴拿給我。至於這件案子，等明天早上見到莫蒂默醫生和亨利・巴斯克維爾爵士時再討論吧。」

查爾斯爵士之謎！
他是在柵門前
等人嗎？等誰？

（他說拉小提琴
能幫助他思考）

❧第三章❧

亨利・巴斯克維爾爵士

鐘剛敲完十下，莫蒂默醫生就到了，他身後跟著一個矮小健壯、年約三十歲的年輕人。他有雙深色的眼珠和濃密的黑眉毛，一臉警戒的樣子，看起來強悍又好鬥。他穿著紅色花呢西裝，光看外表就知道他是個經常在戶外活動、飽受日晒雨淋的人。

這位是亨利・巴斯克維爾爵士。

莫蒂默醫生說。

「我知道你對解決小問題很有一套，福爾摩斯先生，」亨利爵士說。「今天早上我遇到一件讓人百思不得其解的事。」

今早我收到了這封信。

「有人知道你住諾森伯蘭旅館嗎？」福爾摩斯問道。

「不可能有人知道。」

「怪了！看來有人很關心你的行蹤呢。」福爾摩斯接著從信封裡

抽出一張對折了兩次，且只有半頁的書寫紙，打開來平鋪在桌上。裡頭只有一句話，是用鉛字印刷的字條拼貼而成的。

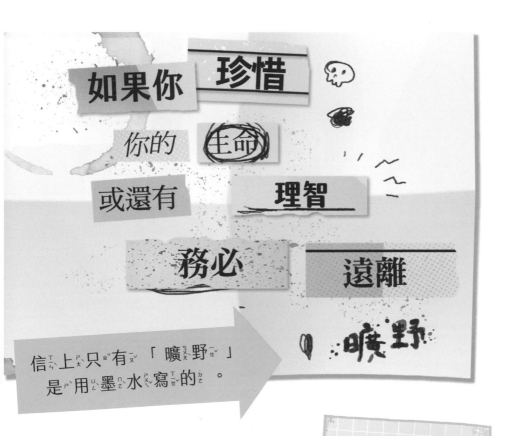

信上只有「曠野」是用墨水寫的。

警告信之謎！
是誰寄這封奇怪的信給亨利爵士？

「華生，你那邊有昨天的《泰晤士報》嗎？麻煩給我社論那一版。」福爾摩斯說。

他快速瀏覽報紙。

華生，你怎麼看？　福爾摩斯興奮的嚷嚷。

我承認，我看不出其中的關聯。

「哎，親愛的華生，兩者之間的關聯緊密得很。你看出來了嗎？」

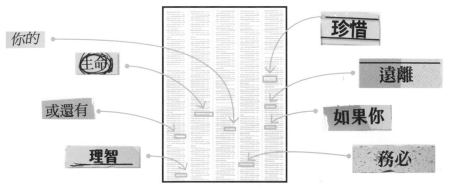

你的
生命
或還有
理智
珍惜
遠離
如果你
務必

信上的句子是從這頁報紙剪下來拼成的啊。」

天啊，確實如此！你真聰明！

亨利爵士喊道。

「要是不相信，看看『遠離』和『務必』，這兩個字條是從同一則報導剪下來的。」

「真的耶！」

「不過為什麼『曠野』兩個字是手寫呢？」莫蒂默醫生問道。

「因為報紙上找不到。」

「啊，有道理，這樣就說得通了。福爾摩斯先生，你還有從這封信看出什麼嗎？」

我很確定那個人是在旅館裡寫下這封信的。

你怎麼知道？

「鋼筆和墨水給寫信的人添了不少麻煩。

才寫幾個字，鋼筆就漏墨兩次，

諾森伯蘭旅館 亨利・巴斯克維爾爵士收

而且地址這麼短，墨水就乾了三次，表示墨水瓶裡的墨水所剩不多。

自己的鋼筆和墨水瓶很少會這樣，更別說這兩種情況同時出現了，但旅館提供的筆和墨水大多很隨便。」福爾摩斯解釋。

「亨利爵士，你到倫敦後有遇上什麼奇怪的事嗎？」

「嗯，這就要看你們對『奇怪』的定義了。」

「只要是日常生活中不太會發生的事都值得一說。」

亨利爵士笑著說：「我想弄丟一隻靴子在這裡應該不算正常吧。」

失物協尋

棕色靴子（一隻）
** 完全沒穿過！**

「你掉了一隻靴子？」

「唉，大概是放錯地方了。昨晚我把兩隻靴子放在房門外，早上起來發現只剩一隻。更慘的是，這雙靴子是我昨晚才在河岸街買的，還沒穿過呢。」

靴子之謎！
亨利的新靴子怎麼了？
誰會只偷一隻靴子？

「只偷一隻很不尋常，而且一隻鞋似乎沒什麼用。」福爾摩斯說。

也不算沒用啦！

「好了，各位，」亨利爵士的口氣非常堅決。「換你們兌現承諾了，把真相一五一十告訴我。」

「你的要求很合理，」福爾摩斯回答。「莫蒂默醫生，把你昨天跟我們講的事再說一次。」

莫蒂默醫生拿出口袋裡的手稿，像昨天早上那樣，把整起事件描述了一遍。

亨利爵士全神貫注的聆聽，不時發出驚呼聲。

　　「看來我繼承遺產的同時也繼承了詛咒，」亨利爵士聽完冗長的說明後表示。「當然，我在很小的時候就聽過這個獵犬傳說了。

我覺得有點像家族寵物的故事，所以我一直沒放在心上。可是現在還有這封寄到旅館的警告信……我想這絕對不是巧合。」

「看來有人知道曠野發生了什麼事，而且知道的比我們還多。」莫蒂默醫生說。

「而且，」福爾摩斯開口。「那個人沒有惡意，他只是要警告你遠離危險。不過眼下有個比較實際的問題要處理，亨利爵士，你是去巴斯克維爾莊園好，還是不去比較好？」

「為什麼不去？」

「那裡似乎危機四伏。」

地獄裡沒有魔鬼，
福爾摩斯先生，
這世上沒有人能阻止
我回家鄉。

他說話時漲紅著臉，一雙濃眉緊皺在一起。

顯然他也繼承了巴斯克維爾家族的暴躁脾氣。

「現在已經十一點半了，我得立刻回旅館。不如你們兩點來跟我們一起吃午餐吧？到時我再好好和你們說我對這件事的想法。」亨利爵士又說。

「華生，你可以嗎？」

「沒問題。」

那我們兩點見了。再見！

我們聽著兩位客人走下樓的腳步聲，然後大門關上了。

砰！

原本懶洋洋又愛做白日夢的福爾摩斯突然變成了敏捷的行動派。

穿上靴子，戴好帽子，華生！

快點，一刻也不能耽擱！

我們三步併作兩步跑下樓，來到大街上。只見莫蒂默醫生和亨利爵士在前方大約兩百碼處，往牛津街的方向走。

福爾摩斯與華生

莫蒂默醫生與亨利

貝克街

帽子

福爾摩斯加快腳步，將我們與他們的距離縮短了一半。

貝克街
221號B

福爾摩斯
與華生

莫蒂默
醫生
與亨利

我們跟在他們身後約一百碼遠，接著踏上牛津街，又轉到攝政街。

他們兩人一度停下來盯著商店櫥窗，福爾摩斯也照做。過沒多久，他開心的低聲歡呼。我看到一輛雙輪馬車，裡頭坐著一個男人。那輛馬車本來停在街道對面，現在正緩緩往前行駛。

華生，那就是我們要找的人！我們至少得看清楚他的模樣。

一位眼神銳利、蓄著濃密黑鬍的人忽然轉過來，從馬車側邊窗戶望著我們。

　　馬車飛也似的沿著攝政街奔去。福爾摩斯立刻跟上，在繁忙的車流中瘋狂追趕，但馬車跑得太快，一轉眼就消失在我們的視線之外。

　　「可惡！」福爾摩斯惱怒的說。「我們的運氣未免太背了。」

　　「那個人是誰？」我問。

　　「不知道。」

　　「是密探嗎？」

　　「亨利爵士一進城就被盯上了。華生，我們要對付的是個聰明人。」

馬車裡的男人之謎！
那個坐在馬車裡跟蹤亨利的鬍子男究竟是何方神聖？

可惜我們沒記下車號！

「親愛的華生，你不會真以為我沒把車號記下來吧？二七〇四，這就是我們要找的馬車。你有看清楚那個男人的長相嗎？」

「我只看到鬍子。」

「我也看到了。在我看來，那應該是假鬍子。來吧，華生！」

他走進這個地區的郵電局，經理熱情的歡迎他。

> **馬車裡的男人之謎！**
> 馬車的車牌號碼是2704

哇，夏洛克·福爾摩斯大駕光臨！

郵電局的地方信差

指那些被僱來於城市街巷間跑腿（通常是緊急事件）、傳遞訊息的兒童和青少年。現代人已經改用通訊軟體了。

郵電局

「威爾森，我記得你手下有個名叫卡萊特的孩子，他在一次的調查行動中表現相當出色。」

是啊，先生，他還在我們這裡。

← 威爾森：經理

「你可以叫他過來嗎？」

一個大約十四歲、看起來活潑機靈的孩子被經理叫來。他站在那裡，用一種非常敬畏的眼神看著這個鼎鼎大名的神探。

「把旅館的名冊給我，謝謝！」福爾摩斯說。「好了，卡萊特，這裡有二十三家旅館，全都在查令十字路附近，看到了嗎？」

「看到了，先生。」

倫敦旅館名冊
詳列首都圈內所有旅館

你依序去這些旅館，跟他們要昨天丟掉的廢紙。

就說你送錯了一份很重要的電報，想把它找回來。

明白嗎？

明白，先生。

「不過，你真正要找的是
一張《泰晤士報》內頁，

那張紙上有幾個用剪刀剪出來的洞。

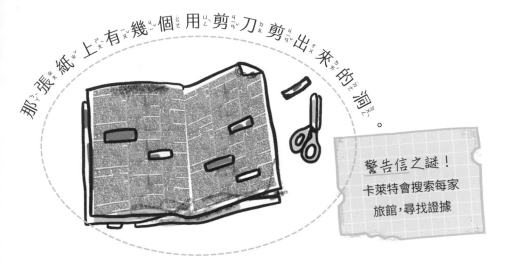

警告信之謎！
卡萊特會搜索每家
旅館，尋找證據

傍晚前發一封電報到貝克街向我回
報情況。現在，華生，我們得查清
楚二七〇四號車的馬車夫是誰。然
後，在去旅館赴約之前，我們可以
去龐德街的藝廊打發時間。」

雙輪馬車韓森公司
#2704

第四章
三條斷掉的線索

　　福爾摩斯能隨心所欲的將自己的思緒從某事抽離。接下來兩個小時，他完全沉浸在畫作的世界裡。從我們離開藝廊到抵達諾森伯蘭旅館的期間，他都在聊藝術品的話題。

你最喜歡哪幅畫，華生？

呃……我們不是應該想辦法解開謎團嗎？

當我們爬上樓梯，接近頂端時，正好遇見亨利・巴斯克維爾爵士。他氣得臉紅脖子粗，手裡拿著一隻又舊又髒的靴子。

看來旅館裡有人把我耍著玩！

他大吼。

他們最好小心點，不然我會讓他們知道自己惹錯人了！

豈有此理，要是這次也找不回我的靴子，那傢伙就麻煩大了。

你掉的不是一隻棕色的新靴子嗎？

是啊，先生。現在又有一隻黑色的舊靴子不見了！

失物協尋

棕色靴子（一隻）
※※ 完全沒穿過！

什麼！
你該不會是在說……

靴子之謎！
又有一隻黑色舊靴子不見。
到底是誰偷的？為什麼要偷？

「沒錯，就是這樣！」

昨晚有人偷了我一隻棕色靴子，

今天又拿了一隻黑色的。」

　　亨利爵士接著說：「我不會再讓那些小偷得手。唉，福爾摩斯先生，請原諒我拿這些小事煩你。」

　　「我倒認為這件事很值得關注，」福爾摩斯若有所思的說。「亨利爵士，你這件案子非常複雜，不過我們已經掌握了幾條線索，其中很可能有一條能引導我們發掘真相。也許我們會浪費一點時間追尋錯誤的線索，但早晚都會回到正確方向。」

我們四人度過了愉快的午餐時光，沒有人提起那件把我們牽在一起的詭異命案。福爾摩斯問亨利爵士接下來有什麼打算。

亨利，你有什麼計畫？

我週末會去巴斯克維爾莊園。

「總而言之，我認為你的決定很明智，」福爾摩斯說。「我有充分的證據證明你在倫敦被人盯上了。莫蒂默醫生，你知道你們今天早上從我家離開後就被跟蹤了嗎？」

莫蒂默醫生大吃一驚。

跟蹤！被誰跟蹤？

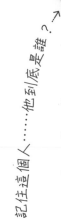

「很遺憾，我沒有答案。你在達特穆爾有沒有鄰居或認識的人留著濃密的黑鬍子？」

「有。巴瑞摩，他是查爾斯爵士的管家，他留著黑色大鬍子。」

巴瑞摩先生
查爾斯爵士的管家，
有濃密的黑鬍子

記住這個人……他到底是誰？

「哈！巴瑞摩在哪裡？」

「他在莊園，平常掌管莊園大小事。」

「我們最好確認一下他是不是真的在莊園。給我一張電報紙，我要發給巴斯克維爾莊園的巴瑞摩先生，然後再發一封給郵局局長，就寫『給巴瑞摩先生的

馬車裡的男人之謎！
巴瑞摩有留鬍子，
難道馬車裡的人是他？

電報務必由本人親收。若他不在，請退回給諾森伯蘭旅館的亨利·巴斯克維爾爵士。』這樣我們應該在傍晚前就能知道巴瑞摩有沒有在德文郡堅守工作崗位了。」

巴瑞摩在莊園嗎？

還是在倫敦？

「的確，」亨利爵士說。「對了，莫蒂默醫生，這位巴瑞摩是個什麼樣的人？」

「他是已故老管家的兒子，他們家四代以來一直看顧著莊園。而且據我所知，他和他的妻子在郡內非常受人敬重。」

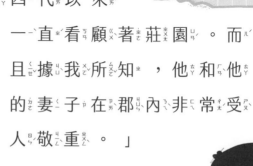

馬車裡的男人之謎！
送一封限定本人親收的電報，我們就能查明巴瑞摩是否在莊園！

巴瑞摩太太
巴瑞摩的妻子
（她也很受人敬重）

查爾斯爵士在遺囑中有留什麼給巴瑞摩嗎？ → 好問題！

福爾摩斯問道。

「他和他的妻子各得五百英鎊。」

500英鎊給巴瑞摩   500英鎊給巴瑞摩太太

「真有意思。」

1,000英鎊給莫蒂默醫生

「查爾斯爵士也留

了一千英鎊給我。」

莫蒂默醫生補上一句。

給郵差

「真的啊？還有誰分

到錢？」

「有幾筆小額款項留給

個人，有一大筆捐給公共慈

善機構，其餘財產都歸

給驢子保護組織

給德文郡狗狗之家

亨利爵士所有。」

「剩餘的財產有多少？」

七十四萬英鎊

740,000英鎊給亨利·巴斯克維爾爵士（！）

福爾摩斯驚訝的揚起眉毛。

天哪！
這麼多錢，
難怪會有人想
賭一把。

「亨利爵士，」福爾摩斯接著說。「我的想法跟你一樣，你應該按照原定計畫回到德文郡。我只想提出一個條件，就是你一定要找個可靠、能隨時陪在你身邊的人和你一起回去。」

福爾摩斯
先生，你
可以親自
出馬嗎？

「我的工作包含各式各樣的諮詢業務，實在不太可能無限期離開倫敦。」

「那你有推薦的人選嗎？」

福爾摩斯將手放在我的手臂上說道：「如果我的朋友願意接下這項任務，我敢說，他絕對是在危急時刻陪伴你的最佳人選。」

亨利爵士熱情的抓住我的手，握得好緊好緊。

華生醫生，你人真是**太好了**，

他說。

要是你能來巴斯克維爾莊園陪我度過難關，我會永遠感念在心。

我一直很嚮往人生中的冒險。

「我會跟你去，這是我的榮幸。」

「那我們星期六在車站碰面，搭十點半那班從帕丁頓來的火車。」

正當我們起身準備離開的時候，亨利爵士突然發出一聲勝利的歡呼，衝向房間角落，從櫃子下方拉出一隻棕色靴子。

我的靴子在這裡！ 他大喊。

嗯，至少找到其中一隻了（那隻棕色的新靴子）

「希望所有困難都能像這樣輕易化解！」福爾摩斯說。

「這就怪了，」莫蒂默醫生說。「午餐前我明明仔細找過了。」

「我也是，」亨利爵士附和道。「房間裡每個地方都翻遍了，根本沒看到靴子。」

神祕事件一椿接著一椿，現在又多了一件奇怪的事。撇開查爾斯爵士的死不談，不到兩天，我們就遇上一連串難以解釋的怪事：

- 收到拼貼信
- 雙輪馬車裡
蓄著黑鬍子的密探
- 新買的棕色靴子不見
- 舊的黑色靴子不見
- 新買的棕色靴子又莫名出現

我們坐馬車返回貝克街的路上，福爾摩斯不發一語。整個下午一直到傍晚，他都靜靜坐著抽菸沉思。晚餐前，我們收到了兩封電報。

第一封寫著：

免付款　　郵政總局
電報
剛剛得知巴瑞摩的確在莊園。
亨利・巴斯克維爾留
得以電報等通訊方式回覆，或交由信差遞送

第二封寫著：

免付款　　郵政總局
電報
依照指示去了二十三家旅館，抱歉沒發現被剪過的泰晤士報。
卡萊特留
得以電報等通訊方式回覆，或交由信差遞送

馬車裡的男人之謎！
巴瑞摩不可能是那位鬍子男，因為他人遠在德文郡的巴斯克維爾莊園

警告信之謎！
卡萊特在旅館根本找不到那張被剪過的報紙

「這兩條線索都斷了，華生。我們得找別的線索。」

「那載密探的馬車夫呢？」

「沒錯，我已經發了電報給執照管理局，詢問那人的姓名和地址。」

叮咚 ♪♫
叮咚！

是哪位？

「如果門後就是管理局給的答覆，我也不意外。」福爾摩斯說。

事實證明，門鈴聲帶來的比答覆更棒──一個外型粗獷的男人走進門，他就是我們要找的馬車夫本人。

我接到總局通知，說這裡有位先生要找二七○四號車的車夫。他說。

我駕駛馬車七年來，從來沒收過乘客投訴。

我直接從車場趕來，想當面問你們對我有什麼意見。

「老兄，我對你沒半點不滿，」福爾摩斯回答。「相反的，如果你能明確回答我的問題，我就給你半英鎊。」

← 半英鎊

哎，今天真是我的幸運日，

馬車夫咧嘴一笑。

先生，你想問什麼？

「首先，我想知道你的名字和地址，我之後可能還需要找你。」

「我叫約翰‧克雷頓，住在內城區特皮街三號。」

福爾摩斯把這些資訊記下來。

「好，克雷頓，今天早上十點來監視這棟房子，隨後又跟蹤兩位先生到攝政街的那個人是誰？」

他是誰？ ⟶

馬ㄇㄚˇ車ㄔㄜ夫ㄈㄨ一ㄧ臉ㄌㄧㄢˇ驚ㄐㄧㄥ訝ㄧㄚˋ。「那ㄋㄚˋ位ㄨㄟˋ先ㄒㄧㄢ生ㄕㄥ說ㄕㄨㄛ他ㄊㄚ是ㄕˋ偵ㄓㄣ探ㄊㄢˋ。」他ㄊㄚ回ㄏㄨㄟˊ答ㄉㄚˊ。

「他ㄊㄚ還ㄏㄞˊ有ㄧㄡˇ說ㄕㄨㄛ其ㄑㄧˊ他ㄊㄚ事ㄕˋ情ㄑㄧㄥˊ嗎ㄇㄚ？」

「他ㄊㄚ有ㄧㄡˇ提ㄊㄧˊ到ㄉㄠˋ他ㄊㄚ的ㄉㄜ名ㄇㄧㄥˊ字ㄗˋ。」

福ㄈㄨˊ爾ㄦˇ摩ㄇㄛ斯ㄙ迅ㄒㄩㄣˋ速ㄙㄨˋ拋ㄆㄠ給ㄍㄟˇ我ㄨㄛˇ一ㄧ個ㄍㄜ勝ㄕㄥˋ利ㄌㄧˋ的ㄉㄜ眼ㄧㄢˇ神ㄕㄣˊ。

「哦ㄛˊ，他ㄊㄚ提ㄊㄧˊ了ㄌㄜ自ㄗˋ己ㄐㄧˇ的ㄉㄜ名ㄇㄧㄥˊ字ㄗˋ是ㄕˋ嗎ㄇㄚ？還ㄏㄞˊ真ㄓㄣ粗ㄘㄨ心ㄒㄧㄣ啊ㄚ。他ㄊㄚ叫ㄐㄧㄠˋ什ㄕㄣˊ麼ㄇㄜ名ㄇㄧㄥˊ字ㄗˋ？」

他ㄊㄚ的ㄉㄜ名ㄇㄧㄥˊ字ㄗˋ，馬ㄇㄚˇ車ㄔㄜ夫ㄈㄨ說ㄕㄨㄛ。

是ㄕˋ夏ㄒㄧㄚˋ洛ㄌㄨㄛˋ克ㄎㄜˋ‧福ㄈㄨˊ爾ㄦˇ摩ㄇㄛ斯ㄙ。

我的名字？
夏洛克‧
福爾摩斯！

我從沒見過福爾摩斯像現在這麼震驚，接著他爆出一陣大笑。「他叫夏洛克・福爾摩斯是吧？」

「對，這就是他的名字。」

「你能描述一下這位福爾摩斯先生的樣貌嗎？」

馬車夫搔了搔頭。

我覺得他看起來約四十多歲，

穿著看起來像是上流社會的人。

身材中等，大概比你矮兩、三英寸。

他還有留黑色鬍子，末端修剪得很整齊，

臉色有點蒼白。

大概是這樣。

「好吧，半英鎊給你。要是你之後還能提供其他情報，就能再拿半英鎊。你可以走了。晚安！」

「晚安，先生，謝謝！」

約翰‧克雷頓咯咯笑著離開。福爾摩斯轉過來看著我，聳聳肩，露出失望的苦笑。

「第三條線索也斷了，我們又回到原點，」他說。「那個傢伙真狡猾！聽我說，華生，這一次我們遇上了厲害的對手，倫敦這一局算我輸了。」

馬車裡的男人之謎！
馬車夫幫不上什麼忙！

福爾摩斯接著說：「希望你在德文郡的運氣會好一點，但我還是不太放心。」

　　「不放心什麼？」

　　「不放心讓你去。華生，這件案子很棘手，而且危機四伏。我越深入了解，就越不喜歡事情的走向。也許你會覺得好笑，我親愛的朋友，但我告訴你，如果你能平安回到貝克街，我高興都來不及。」

第五章

巴斯克維爾莊園

亨利・巴斯克維爾爵士和莫蒂默醫生都準備好了，於是我們啟程前往德文郡。稍早，福爾摩斯和我一起搭馬車到車站，趁離別之前給了我一些建議。

我不想用太多推論和假設來影響你的思考，華生，

他說。

我只希望你盡可能完整的回報消息給我，推理的工作讓我來做就好。

什麼樣的消息？

我問道。

「任何可能與這件案子有關的消息都要，就算表面看來沒有直接關聯也一樣。尤其是亨利爵士與鄰居之間的關係，以及查爾斯爵士命案的最新進展。」

「不先排除巴瑞摩嗎？」我又問。

「萬萬不可，要先把他列入嫌疑人名單。」他繼續說道：

嫌疑人有我們的朋友莫蒂默醫生和他的太太、

拉福特莊園的法蘭克朗先生、

（巴瑞摩夫婦）

自然學家
史塔普頓先生、　　　　　他的妹妹，

還有另外
一、兩位鄰居。

你要特別
留意這些人
的動靜。

記得隨時把
左輪手槍帶在
身邊，絕對
不能大意。

亨利爵士和莫蒂默醫生訂了頭等車廂，正在月臺上等我們。

「亨利爵士，」福爾摩斯說。「請不要單獨外出，否則會大禍臨頭。你找到另一隻靴子了嗎？」

「沒有，那隻靴子就這樣不見了。」

靴子之謎！
新靴子失而復得，
但舊靴依然不見蹤影……

「的確很有意思。好吧，再見了。」火車緩緩離站時，他又再次叮嚀：

亨利爵士，記住莫蒂默醫生告訴我們的那個古老傳說，在黑夜降臨、邪惡力量猖獗時，要避開曠野。

這是一趟迅速又愉快的火車之旅。

我在這段時間裡，和兩位同伴混得更熟了，也不時跟莫蒂默醫生的長耳獵犬玩耍。亨利爵士興奮的望著窗外，一認出熟悉的德文郡風景，他便開心的大叫。

我真想看看曠野風光！

他說。

「你的願望很快就要實現了，那裡就是曠野。」莫蒂默醫生指著窗外說。

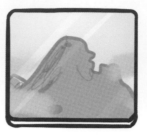

只見那頭矗立著一座灰暗陰鬱的山丘，峰頂還有奇怪的鋸齒狀缺口，遠遠看起來顯得十分朦朧，彷彿是夢裡才會見到的幻境。亨利爵士坐在窗前凝望了好一陣子，表情非常熱切，看得出來這個地方對他意義重大。

嗯，如果我非得去那個危險、（還可能有幽靈獵犬作怪的）曠野……

他應該會是個可靠的好夥伴。

火車停在一座路邊小站，我們下了車，看見外面有一輛由兩匹柯柏馬拉的馬車在等候。

柯柏馬是一種短腿馬（我查了一下才知道）

馬車夫是個身材矮小、
面無表情的男人。
他對亨利‧巴斯克
維爾爵士行禮致意，
沒多久，我們就沿著寬闊
的白色大道飛馳而去。

道路兩旁是向上隆起的牧草地，

幾間有山牆
的老房子在
濃密的綠蔭
後方若隱若現。

而在這片陽光普照的靜謐鄉村
景致之後，是那綿延幽暗的
曠野，還有幾座參差險惡的
山丘座落其間。

「啊！」莫蒂默醫生突然大叫。「那是什麼？」

我們前方是一座長滿石楠叢的陡峭坡地，有一位陰沉嚴肅的軍人站在坡頂，監視著這條我們行進的大道，他的長槍搭在前臂上，擺出準備射擊的姿勢。

柏金斯，
這是怎麼
回事？

莫蒂默醫生
問馬車夫。

馬車夫微微轉過身說：「先生，王子鎮監獄有一個囚犯逃獄，他已經逃亡三天了。獄警監視著每一條路，但至今都還沒發現他的蹤影。附近的農家都很擔心，因為他可不是普通的罪犯，那個人什麼事都做得出來。」

那個人是誰？

他叫**賽爾登**，是諾丁罕命案的凶手。

德 文 郡 日 報

諾丁罕命案凶手逃獄

每日摘播　每日閱讀文都出刊　免費領取

「那人什麼事都做得出來。」

（他）和休葛蘭差得可遠了！」

廣闊無邊的曠野映入眼簾，
崎嶇不平的圓錐形石堆
和岩石四散在此。

刺骨的寒風
從曠野吹來，

我們渾身打著冷顫。

在這片荒涼曠野的某處，
那位邪惡的逃犯也許就如野獸
般藏身在某個洞穴裡。

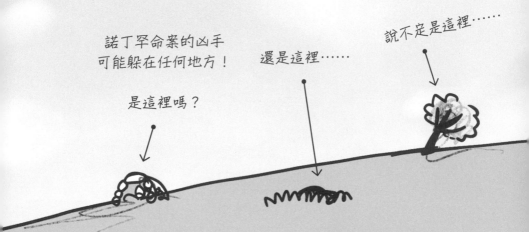

諾丁罕命案的凶手
可能躲在任何地方！

還是這裡……

說不定是這裡……

是這裡嗎？

就連亨利爵士也沉默下來，把
大衣裹得更緊。

眼前的道路越來越蕭瑟荒蕪。
有時我們會經過幾間曠野上的小
屋，屋子的牆壁和屋頂都是用石頭
砌成的，外觀顯得冷硬，沒有半點
藤蔓遮掩。

兩座高高的尖塔從樹梢間探出頭來。馬車夫用鞭子指著説：「那就是**巴斯克維爾莊園**。」過沒多久，我們就來到莊園門口。大門兩側各有一根久經風雨侵蝕的柱子，頂端豎著巴斯克維爾家族的野豬頭標誌。

我們穿過大門，老樹的枝幹在頭頂上方錯綜交織，形成一條幽深的林蔭大道。大宅就佇立在陰暗悠長的大道盡頭，如幽靈般發出微光。眼前的景象讓亨利爵士忍不住打了個寒顫。

這是事發現場嗎？

他低聲問道。

「不是，紫杉道在另外一邊。」亨利爵士面色凝重的環顧四周。

「難怪我伯父會有厄運臨頭的感覺，」他說。「住在這種地方，任誰都會嚇破膽。我一定要在接下來六個月內替莊園裝上一排電燈。」

我們沿著林蔭大道前進，
來到一片寬闊的草坪，
大宅就在眼前。

房子正面爬滿了常春藤，彷彿將建築蒙上一層黑色面紗，只有窗戶和家族盾徽沒有被遮住。

室內微弱的光線從厚重的窗櫺間灑落，高高的煙囪吐出

一

柱

黑

煙。

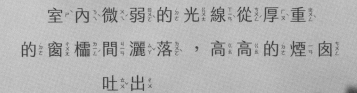

歡迎，
亨利爵士！

歡迎來到
巴斯克維爾
莊園！

巴斯克維爾莊園
狗禁止進入

一個高大的男人從門廊的陰影下走出來，打開馬車車門。一個女人的身形在大廳的黃色燈光下形成剪影，她也走過來幫男人卸下我們的行李。

「亨利爵士，你不介意我直接趕回家吧？我太太在等我呢。」莫蒂默醫生說。「無論白天還是夜晚，有我能效勞的地方請隨時通知我。再見！」

馬車逐漸走遠，我和亨利爵士隨後踏進屋子大廳，大門在我們身後重重關上。

這是一棟寬敞的挑高大宅，上頭的屋椽是橡木製成的，已經因為年代久遠而變黑。柴火在巨大的老式壁爐裡劈啪燃燒，高大的鐵鑄柴薪架矗立在爐前。

漫長的車程凍得我們全身麻木，我和亨利爵士連忙伸出手烤火取暖。

接著我們環顧四周，

牆上裝有狹長的老舊彩繪玻璃窗、

雄鹿頭標本、橡木鑲板，

以及家族盾徽。

跟我想像中一模一樣。

亨利爵士說。

那個高大的男人——也就是管家巴瑞摩——把我們的行李送到房間後再度回到大廳。他魁梧英俊，黑色鬍子修剪得整整齊齊，外貌非常出眾。

「先生，要現在吃晚餐嗎？」

「晚餐好了嗎？」

就快好了，先生。

飯廳與大廳相通，
氣氛同樣十分陰鬱。
牆上掛著一排看不太清楚、
穿著各式華服的家族
先人畫像，從伊莉莎白女王
時代的騎士到攝政時代的
年輕王公都在俯視著我們。
我們在用餐時都沒說
什麼話。就我而言，
用完晚餐時我
鬆了一口氣。

說真的，
這裡讓人感覺
不太舒服，

亨利
爵士說。

或許
早上會好
一點吧。

睡覺時間到了

我雖然很累，神智卻非常清醒，躺在床上輾轉難眠。遠方的鐘樓每十五分鐘就鳴鐘一次，除此之外，老宅裡一片死寂。

但就在這時，某個聲音猛然劃破寂靜的夜，竄進我耳裡。

嗚嗚嗚！

啜泣！

流淚！

痛哭！

抽鼻子！

那是女人的啜泣聲，聽起來非常悲痛。

哭喊！

我凝神細聽，很確定哭聲是來自屋裡。我繃緊神經等了半個小時，但除了鐘聲和外牆常春藤的沙沙作響之外，再也沒有別的聲音傳來。

抽泣！

嗚咽！

嚎啕！

爆哭！　　　繼續啜泣！

咆哮！　　號哭！

哭泣的女人之謎！
那個深夜哭泣的人是誰？為什麼要哭？

威廉・巴斯
克維爾爵士
1674－1710

❧ 第六章 ❧
梅里琵宅邸的主人

衛斯理・
巴斯克維爾
1544－1612

我和亨利爵士
坐在桌前吃早餐，
和煦的陽光從
高高的窗戶撒落，
很難想像這是
昨晚那個陰鬱
淒涼、讓人心情
沉重的飯廳。

巴斯克維爾
梅軍少將
1544－1612

雨果・巴斯
克維爾爾爵士
1715－1742

我想是我
們自己的
問題，不
能怪這棟
房子！

亨利爵士說。

「不過，倒也不完全是我們的想像，」我說。「你昨晚有沒有聽到⋯⋯我想應該是個女人在哭？」

我好像有聽到什麼，

我等了一陣子，可是那聲音沒有再出現，所以我以為是自己在做夢。

我聽得一清二楚，我很確定那是女人的啜泣聲。

「我們得馬上問個明白。」亨利爵士搖鈴把巴瑞摩叫來，問他關於哭泣聲的事。

在我看來，巴瑞摩聽到這個問題後，他原本就黯淡、沒什麼生氣的臉變得更加慘白。

黯淡

灰白

蒼白

慘白

亨利爵士，這棟房子裡只有一個女人，

他回答。

就是我太太。我能保證那絕對不可能是她的哭聲。

吃完早餐後，我在長廊巧遇巴瑞摩太太。陽光照耀著她的臉。

通紅
淡紅
微紅
正常

她瞥了我一眼。她的雙眼明顯通紅，眼皮十分腫脹。

看樣子昨夜哭泣的人就是她沒錯；若真是如此，她先生一定知道，但他居然冒著謊言被戳破的風險否認這一點。他為什麼要這麼做？她又為什麼哭得那麼傷心？

哭泣的女人之謎！
是巴瑞摩太太！
為什麼巴瑞摩要否認？
而她為什麼這麼難過？

我們在攝政街看到的那位坐在馬車裡的男人，會不會就是巴瑞摩？鬍子的部分很像……

馬車裡的男人之謎！
巴瑞摩的行為很可疑……
說不定他就是那個馬車男！

顯然，我首先該做的事是去找格林潘郵局局長，查清楚那封測試用電報是不是真的交給了巴瑞摩本人。

巴斯克維爾莊園

曠野

紫杉道

我帶著愉悅的心情沿著曠野邊緣散步，

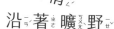

走了大約四英里，來到一個不起眼的小村莊。

格林潘沼地

格林潘

格林潘郵局

「當然啊，先生，」郵局局長說。「我照指示叫人把電報送去給巴瑞摩先生。」

「是誰送去的？」

我兒子。

有，爸爸。

詹姆士，你上星期有把那封電報送去給巴瑞摩先生，對吧？

「你是交給他本人嗎？」我問道。

「嗯……當時他在閣樓，所以我沒有交給他本人，而是給巴瑞摩太太，她說會立刻拿給他。」

「如果你沒有親眼看到，你怎麼知道他真的在閣樓？」

「這個嘛，他太太當然知道他在哪裡啊，」郵局局長不耐煩的說。「他沒有收到電報嗎？如果出了什麼差錯，也該是巴瑞摩先生自己來投訴才對。」

儘管福爾摩斯耍了點小伎倆，依舊無法證明巴瑞摩那段時間人在德文郡，而不在倫敦。謀害巴斯克維爾家族的人對他有什麼好處嗎？

馬車裡的男人之謎！
巴瑞摩當時可能不在莊園……
說不定他人在倫敦？

105

福爾摩斯曾說這是他遇過最複雜的案子。我沿著陰暗孤寂的道路往回走，心裡默默祈禱，希望我的好友能快點過來，接下我肩上這份沉重的責任。

這件案子還真棘手！

巴瑞摩太太為什麼要哭？

倫敦那個大鬍子怪人是誰？

查爾斯爵士真的是被幽靈獵犬殺害的嗎？

警告信是誰寄的？

午餐吃什麼？

消失的靴子又是怎麼回事？

天哪，我好想念福爾摩斯！

　　突然間，我身後傳來一陣跑步聲和呼叫聲，打斷了我的思緒。我轉身後大吃一驚，因為我根本不認識那個人。

華生！

華生醫生！

那個男人身材瘦小、鬍子刮得很乾淨，表情一本正經。他有一頭淡黃色頭髮，下巴尖瘦，

年紀介於三十到四十歲之間。

他身穿灰色衣服、戴著草帽，

肩上背著錫製的植物標本箱，

左手還拿著一支綠色捕蝶網。

原諒我大膽猜測，你一定是華生醫生，

他跑過來氣喘吁吁的說。

我是住在梅里琵宅邸的史塔普頓。

「我剛才在拜訪莫蒂默醫生，你正好路過他的診所，他就指著窗外跟我說你的大名。因此我想應該來當面跟你自我介紹一下，」史塔普頓說。「亨利爵士一路上都還好吧？」

「一切都好，謝謝關心。」

「查爾斯爵士不幸過世後，我們都很擔心亨利爵士會拒絕搬進莊園。他對這件事應該沒懷著什麼迷信或恐懼的心態吧？」

「我想應該不太可能。」

你一定聽過糾纏巴斯克維爾家族的惡犬傳說吧？

他講話時帶著笑容。

鄉野傳說

巴斯克維爾的獵犬

這個故事對查爾斯爵士的心理造成很大的影響。

我認為事發當晚，他的確在紫杉道看見了什麼。

你認為有一隻狗追著查爾斯爵士，把他活活嚇死？

「還有更好的解釋嗎？」

「我目前還沒有結論。」

「那夏洛克·福爾摩斯先生呢？」 ←大家都愛福爾摩斯！

「我恐怕無法回答這個問題。」

「請問我們有榮幸見到他親自來一趟嗎？」

「他正在專心處理其他案子，暫時無法離開倫敦。」

真可惜！或許他能解開這個謎案呢。

之後如果有我能幫上忙的地方，請儘管說。

我們來到岔路口，一條雜草叢生的狹窄小徑從大路旁探出去，蜿蜒的穿入曠野。

史塔普頓說。

沿著曠野小徑走一小段就會到我家，梅里琵宅邸，

不曉得你願不願意撥個一小時來坐坐，讓我有這個榮幸介紹我妹妹給你認識？

曠野
梅里琵宅邸
格林潘郵局

福爾摩斯要我觀察那些住在曠野的鄰居，於是我接受史塔普頓的邀請，和他一起踏上那條小徑。

友善點，和大家聊聊……說不定會有新發現！

這片曠野是個奇妙之地，

他說。

它蘊藏著許多令人驚奇的祕密，它不僅廣闊、荒涼，還變幻莫測。

看來你很熟悉這個地方？

　　「我才住在這裡兩年，雖然搬來的時間比查爾斯爵士晚一點，但我的興趣讓我能夠深入探索鄉間。我想應該很少有人比我更了解這裡。」

　　「這裡很難摸透嗎？」

　　「很難。比方說，你有看到這片遼闊平原的北邊，散布著幾塊茂盛的青綠色草地嗎？」

「有，那些地方看起來好像比較肥沃。」

史塔普頓哈哈大笑。

「那是**格林潘沼地**，」他說。「不管是人還是動物，只要踩錯一步，就會命喪沼澤。即便是乾季，要穿過沼地也很危險，最近幾場秋雨過後更是難走。但我有辦法踏進泥沼中心再活著走回來。我發現了一、兩條小路，只有動作非常靈敏的人才能應付。」

格林潘沼地
極度危險
請勿進入
牽好狗狗

「你ㄋㄧˇ為ㄨㄟˋ什ㄕㄣˊ麼ㄇㄜ˙想ㄒㄧㄤˇ去ㄑㄩˋ那ㄋㄚˋ麼ㄇㄜ˙可ㄎㄜˇ怕ㄆㄚˋ的ㄉㄜ˙地ㄉㄧˋ方ㄈㄤ？」

「這ㄓㄜˋ個ㄍㄜˋ嘛ㄇㄚˊ，你ㄋㄧˇ有ㄧㄡˇ看ㄎㄢˋ到ㄉㄠˋ那ㄋㄚˋ邊ㄅㄧㄢ的ㄉㄜ˙小ㄒㄧㄠˇ山ㄕㄢ嗎ㄇㄚ？那ㄋㄚˋ裡ㄌㄧˇ有ㄧㄡˇ很ㄏㄣˇ多ㄉㄨㄛ稀ㄒㄧ有ㄧㄡˇ的ㄉㄜ˙植ㄓˊ物ㄨˋ和ㄏㄢˋ蝴ㄏㄨˊ蝶ㄉㄧㄝˊ。」

「改ㄍㄞˇ天ㄊㄧㄢ我ㄨㄛˇ也ㄧㄝˇ去ㄑㄩˋ碰ㄆㄥˋ碰ㄆㄥˋ運ㄩㄣˋ氣ㄑㄧˋ……」

嗚嗚嗚嗚嗚嗚嗚嗚嗚嗚嗚嗚嗚

嗚嗚嗚嗚嗚嗚嗚嗚嗚嗚嗚嗚嗚嗚

天ㄊㄧㄢ哪ㄋㄚˇ！

我ㄨㄛˇ放ㄈㄤˋ聲ㄕㄥ大ㄉㄚˋ叫ㄐㄧㄠˋ。

那ㄋㄚˇ是ㄕˋ什ㄕㄣˊ麼ㄇㄜ˙聲ㄕㄥ音ㄧㄣ？

一ㄧˋ陣ㄓㄣˋ低ㄉㄧ沉ㄔㄣˊ、悠ㄧㄡ遠ㄩㄢˇ的ㄉㄜ˙低ㄉㄧ鳴ㄇㄧㄥˊ傳ㄔㄨㄢˊ遍ㄅㄧㄢˋ曠ㄎㄨㄤˋ野ㄧㄝˇ，帶ㄉㄞˋ著ㄓㄜ˙一ㄧˋ股ㄍㄨˇ難ㄋㄢˊ以ㄧˇ言ㄧㄢˊ喻ㄩˋ的ㄉㄜ˙悲ㄅㄟ傷ㄕㄤ。那ㄋㄚˋ聲ㄕㄥ音ㄧㄣ從ㄘㄨㄥˊ含ㄏㄢˊ糊ㄏㄨˊ不ㄅㄨˋ清ㄑㄧㄥ的ㄉㄜ˙呢ㄋㄧˊ喃ㄋㄢˊ轉ㄓㄨㄢˇ為ㄨㄟˊ深ㄕㄣ沉ㄔㄣˊ的ㄉㄜ˙低ㄉㄧ吼ㄏㄡˇ，接ㄐㄧㄝ著ㄓㄜ˙又ㄧㄡˋ再ㄗㄞˋ度ㄉㄨˋ化ㄏㄨㄚˋ為ㄨㄟˊ一ㄧˋ陣ㄓㄣˋ一ㄧˋ陣ㄓㄣˋ的ㄉㄜ˙憂ㄧㄡ傷ㄕㄤ哀ㄞ鳴ㄇㄧㄥˊ。

史塔普頓帶著一種古怪的神情注視著我。

他們說是**巴斯克維爾的獵犬**在尋找獵物，

我之前也聽過一、兩次，但沒這麼大聲。

我左顧右盼，恐懼湧上心頭。

蒼茫的曠野一片死寂，只有兩隻烏鴉在我們身後的岩塊上嘎嘎大叫。

嘎！

你是受過教育的人，不會相信這些無稽之談吧？

我說。

你覺得怪聲是怎麼來的？

「泥沼有時會發出奇怪的聲音。

可能是　　或是地下水　也可能有別

淤泥下沉，　　往上冒，　　的原因。」

「不對，那是動物的叫聲。」

「這個嘛，大概吧。」

「我這輩子從沒聽過這麼詭異

的聲音。」

「是啊，總之，這地方的確很

不可思議……哦，請等我一下！那

隻一定是弄蝶！」

一隻不曉得是蛾還是蒼蠅的昆蟲翩翩飛過小徑，

← 弄蝶（一種蝴蝶）

史塔普頓以驚人的爆發力和速度追

了上去，他穿著灰衣跳來跳去、忽

左忽右的追逐姿態，看起來和一隻

大飛蛾沒兩樣。我望著他追逐蝴蝶

的背影，這時，後方傳來一陣腳步

聲。我轉過身，發現有個女人站在不遠處，想必她就是那位史塔普頓小姐。

快回去！

她說。

馬上回倫敦！

我呆愣在原地，一時反應不過來。

為什麼？

我問道。

「我無法解釋，」她急切的低聲說。「拜託你快回去，**千萬別再踏上曠野了**。」

「可是我才剛來耶。」

天啊，天啊！

快回倫敦！

離開這個地方就對了！

她大喊。

難道你聽不出來我警告你是為了你好嗎？

噓，我哥來了！

史塔普頓放棄追那隻蝴蝶，他氣喘吁吁、滿臉通紅的走到我們身邊。

「是妳啊，貝芮！」他明亮的目光不停在我和他妹妹之間移動。

「看樣子你們已經互相自我介紹了。」

對，我跟亨利爵士說他太晚來了，錯過曠野真正美麗的時節。

哦！她以為我是亨利！

「我不是亨利爵士，」我說。
「我是華生醫生。」

你好！我的名字是
華生醫生！

她的臉頰因為懊惱而泛起紅暈。

呃，
認錯人了……

「剛才是一場誤會，」她說。
「華生醫生，你要不要來梅里琵宅邸坐坐？」

我們走沒多遠，便看見一棟孤零零座落在曠野中的房子。果園圍繞著房屋四周，但那些果樹長得十分低矮，有點發育不良，就像曠野中常見的植物一樣。整個環境不僅險惡，還瀰漫著一股陰鬱之氣。

「我們選擇住在這裡很奇怪，對吧？」史塔普頓說。「我曾在北部創辦過一所學校，無奈時運不濟，學校只得關閉。」

「不過我們在這裡有書相伴，可以做研究，還有可愛的鄰居。你覺得我今天下午去拜訪亨利爵士，會不會太冒昧？」

「不會，他一定會很高興。」

陰鬱的曠野、令人毛骨悚然的詭異怪聲，還有駭人的巴斯克維爾獵犬傳說——這一切都讓我的思緒染上了一絲憂愁。而且，現在還多了史塔普頓小姐清楚又堅定的警告……我婉謝了他們的午餐邀約，隨即踏上來時那條長滿野草的小徑，準備走回巴斯克維爾莊園。

但我都還沒轉進大路，就看見史塔普頓小姐坐在路旁的岩石上，讓我嚇了一跳。

我一路跑過來就是要攔住你，華生醫生，

她說。

如果你說得動亨利爵士，請立刻帶他離開這個為巴斯克維爾家族帶來不幸的地方。

除非妳能給我一些更具體的消息，否則我不太可能說服他離開。

「我哥哥很希望有人入主莊園，他認為這樣對曠野的窮苦居民來說是件好事。要是他知道亨利爵士可能因為我說的話而想離開，他一定會很生氣。就這樣，**再見**！」

史塔普頓小姐之謎！
她為什麼急著
要亨利離開？

她轉身就走，沒幾分鐘便消失在零零落落的岩石群中，我則帶著滿腹莫名的恐懼趕回巴斯克維爾莊園。

第七章

華生醫生的

第一份報告

郵局

格林潘

德文郡

10 月 13 日，
寫於巴斯克維爾莊園

親愛的福爾摩斯：

　　我之前寄給你的信和電報，應該足以讓你了解這個世上最荒涼的角落所發生的一切。人只要待在這裡越久，就越能感受到曠野的魔力正影響你的心靈。

　　最近發生了一件驚人的事，我之後會再告訴你。首先，我得先將這起事件的其他關鍵因素交代清楚。

其中一個關鍵因素和那名曠野裡的罪犯有關，大家都深信他已經逃到別的地方了。

監獄

賽爾登

逃獄的罪犯

大壞蛋

當然，想隱匿在這片曠野中並不難，隨便一間石屋就可以作為藏身處。但除非他能抓到這裡的野羊果腹，否則曠野沒有其他東西能吃。因此，我們都認為他已經離開了。

賽爾登可能
躲在石屋裡

可能吃掉很多隻羊

　　老實說，一想起史塔普頓一家，我心裡就覺得不安。事實上，我們的朋友亨利爵士似乎相當喜歡史塔普頓小姐。

他真的
很喜歡她！
糟了……

貝芮

（史塔普頓
的妹妹）

　　她和她哥哥冷靜、不帶感情的個性形成強烈的對比。史塔普頓先生雙眼炯炯有神，薄薄的嘴脣緊抿成一條線，反映出一種堅定，甚至是嚴屬的特質。

史塔普頓

炯炯有神的
雙眼

整體來說，
有點嚴屬？

緊抿的嘴脣

　　你一定會覺得他是個值得研究的對象。

他帶我和亨利爵士去看「惡人雨果」傳說的起源地。我們在曠野跋涉好幾英里，最後來到一片雜草叢生的開闊空地。

空地中央矗立著兩塊大石頭，石頭上緣因為風的侵蝕而磨成利角，看起來就像巨獸的獠牙……

這裡就是雨果被獵犬撕咬喉嚨的地方！

好噁心喔！

對了，你要我別讓亨利爵士單獨出門，可是現在除了原有的諸多麻煩外，還參雜了愛情的元素，要他乖乖待在莊園實在難上加難。

我很快就會變得不受歡迎的。

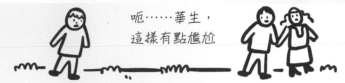

呃……華生，
這樣有點尷尬

有一天 —— 確切來說是星期四 —— 莫蒂默醫生和我們共進午餐。沒多久史塔普頓兄妹也來了。好心的莫蒂默醫生應亨利爵士的要求帶我們去紫杉道，還原查爾斯爵士出事當晚的情況。

這裡就是紫杉道

126

約翰・海密許・華生
神探福爾摩斯的助手

我還記得你對這件案子的看法，於是試著在心裡描繪可能的場景：查爾斯爵士看見某個東西從曠野跑來，嚇得魂飛魄散，只能沒命的跑，跑到筋疲力竭，懷著恐懼倒地而死。

是什麼東西讓他拔腿就跑？

曠野上的牧羊犬？

還是全身漆黑、如鬼魅般無聲出現的恐怖獵犬？

　　上次寫信給你後，我又遇到另一位鄰居，是住在拉福特莊園的<u>法蘭克朗先生</u>。他是一位上了年紀的老人，臉頰紅潤，有著一頭白髮，脾氣非常暴躁。

超老 →

← 白髮

像番茄般紅
通通的臉 →

← 愛生氣

　　他對英國法律很有興趣，喜歡與人爭吵的快感，無論在爭論中他是正方還反方都無所謂。此外，他還是個業餘的天文愛好者。他在自家屋頂架設一具高級的望遠鏡，常常整天用望遠鏡盯著曠野，希望能發現那名逃犯的蹤跡。

法蘭克朗先生
的高級望遠鏡

　　法蘭克朗先生可說是為我們單調的生活增添了一點樂趣。

最後一件，也是最重要的情報，與巴瑞摩夫婦有關。昨晚事態有了驚人的發展。

首先是你之前從倫敦發送，想看看巴瑞摩是否在莊園的測試電報。亨利爵士用他一貫直截了當的作風，開門見山的問巴瑞摩有沒有收到那封電報，巴瑞摩說有。

亨利爵士為了安撫他，便把自己的一大堆舊衣送給巴瑞摩。他在倫敦買的新衣物已經全送到莊園了。

巴瑞摩太太引起了我的注意。我不只一次發現她臉上有淚痕。

有股強烈的哀傷正啃噬著她的心。

昨晚大概凌晨兩點，我被房門外鬼鬼祟祟的腳步聲驚醒。有個長長的黑影投射在走廊地板上。我只隱約看見輪廓，但從身高可以看出那人是巴瑞摩。

> 巴瑞摩！
> 這麼晚了，
> 他要去哪裡？

我看見微微的亮光從一扇敞開的門透出來，因此知道他走進了某間房。我躡手躡腳的穿過走廊，盡量不發出任何聲音，躲在門外一角偷偷往裡頭看。

巴瑞摩拿著蠟燭蹲在窗前，湊近玻璃窗，專心的看了好幾分鐘。

他在幹嘛？

接著他深深的嘆了一口氣，不耐煩的將蠟燭吹熄。我急忙溜回房間，沒多久後便聽見他悄悄走回去的腳步聲。

呼！

這棟陰森的老宅裡一定有什麼祕密，我們遲早會查個水落石出……

巴瑞摩夫婦之謎！
巴瑞摩夫婦兩人半夜不睡覺，究竟在做什麼？

第八章

曠野上的火光
（華生醫生的第二份報告）

10 月 15 日，
寫於巴斯克維爾莊園

親愛的福爾摩斯：

現在事情一件接著一件發生，而且都很突然。情況有了一百八十度大轉變，完全出乎我的意料。我會將經過一五一十告訴你，讓你自己判斷。

在那奇怪的夜晚隔天，我穿過走廊，到巴瑞摩前一晚去的房間一探究竟。

他昨晚就是
站在這裡

132

巴瑞摩向外看的那扇窗離曠野最近，能將曠野景致盡收眼底。由此推斷，他一定是在尋找曠野裡的什麼東西，或者什麼人。

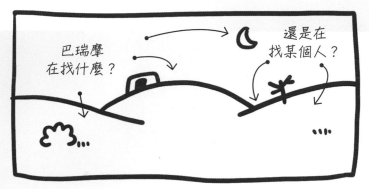

巴瑞摩在找什麼？

還是在找某個人？

吃完早餐後，我把昨晚看到的一切告訴亨利爵士。他的反應比我想的還冷靜。「我知道巴瑞摩常在半夜走來走去，我會跟他談談。」他說。

嗯……

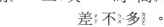

我聽見他走過那條走廊兩、三次，時間和你說的差不多。

「也許他每天晚上都會到那扇窗前晃晃。」我說。

「可能吧。要是你朋友福爾摩斯在這裡，不曉得他會怎麼做？」

（你！）

「他會跟蹤巴瑞摩，看看他到底在耍什麼花樣。」

「那我們就來跟蹤他。今晚我們一起待在我房間裡等他經過。」

***

談完巴瑞摩的事情後，亨利爵士便戴上帽子準備出門。我也一樣。

好了，我要出門了

好，我去拿帽子

等等，華生，你也要去嗎？

亨利爵士看著我，表情很奇怪。

尷尬！

「這取決於你是不是要去曠野。」我說。

沒錯，我是要去那裡。

「你很清楚我的職責。很抱歉打擾你，但你也知道，福爾摩斯很堅持你不該一個人去曠野閒晃。」

別讓他一個人去曠野！

亨利爵士搭著我的肩，臉上洋溢著愉快的笑容。

笑得很開心
輕佻的眨眼

親愛的朋友，你應該不不想當個掃興的人吧？我得單獨出門。

我心裡很為難。我還在猶豫不決的時候，亨利爵士已經拿起手杖離開了。

呃……

我受到良心的嚴厲譴責，忍不住想像，萬一他因為我不聽你的囑咐而出事，我內心會有什麼感受。

我還是跟他去比較好……

也許現在出去追他還來得及。我立刻朝梅里琵宅邸的方向奔去。

我沿著大路匆匆往前走，來到通往曠野的小徑岔路口。我爬上一座小丘，馬上就看見亨利爵士的身影。他走在曠野的小徑上，與我相距大約四分之一英里。他身邊有一位年輕女士，想必是史塔普頓小姐。

他們一邊漫步，一邊熱切交談。

像間諜般監視朋友真是一件討厭的差事。但除了在小丘上偷偷觀察他之外，我想不出更好的辦法。

亨利爵士和那位小姐在小徑上停下腳步。這時，我突然發覺自己並不是唯一一個目睹他們會面的人。一團懸在空中的綠色物體吸引我的目光，是史塔普頓和他的綠色捕蝶網。

他飛也似的往他們衝去，捕蝶網在他身後滑稽的左右擺盪。他激動的揮舞雙臂，看起來彷彿在跳舞。

接著史塔普頓招手叫他妹妹過去。史塔普頓小姐望了亨利爵士一眼，便和她哥哥一起離開了。亨利爵士低著頭沿著小徑慢慢往回走，一副失意的樣子。

我連忙跑下小丘，在下面與亨利爵士會合。

天啊，華生！
你從哪冒出來的？

他問。

我把事情經過全盤托出——說我總覺得不能讓他一個人去曠野、我尾隨他的過程，還有我剛才目睹的一切。有一瞬間他生氣的瞪著我，但最終他苦笑起來。

火大

哈哈哈 ←

他笑了
（是苦笑）

「我的天啊，好像全郡的人都跑出來看我求婚似的 —— 而且還是很爛的求婚！你剛躲在哪裡偷看呀？」

我剛才在那座小丘上。

「你離得挺遠嘛，她哥哥倒是靠得很近。我到底哪裡不好？我是不是有什麼問題，所以才無法成為我心愛女人的丈夫？」

「我覺得你沒問題。」我回答。

她為什麼不跟我結婚？

頭髮茂密

眼睛很美

下巴強健

（這傢伙條件很不錯啊！）

「雖然我們只認識幾星期，但從見到她的第一眼我就知道，她是我命中注定的另一半，而且她也有同感。我敢發誓，她和我在一起時很開心。

剛剛她也很高興能和我見面，但她又不停的說這個地方有多危險。她說除非我離開這裡，否則她永遠不會快樂。

你真的很好，可是……你一定要離開這裡！

我是認真的，別待在這

快走！

我告訴她，如果她真的希望我離開，唯一的辦法就是她跟我一起走。我講了很多，請她嫁給我，可是她還來不及回答，她哥哥就突然朝我們衝來，臉上的神情跟瘋子一樣。」

哦，哥哥……

「他問我對她做了什麼，還問我是不是仗著自己的**爵位**為所欲為。後來我也失去耐性，對他講話的語氣憤怒了一點，失去了該有的禮節。

結果你都看到了，他們兄妹倆一起離開，留下我一頭霧水站在這裡。華生，要是你能告訴我這一切到底是怎麼回事，我真的感激不盡。」

當天下午，史塔普頓親自前來莊園拜訪，我們對他的猜疑也隨之消散。他專程來為自己早上無禮的態度向亨利爵士道歉。兩人在亨利爵士的書房裡談了好一段時間，之後他們看起來不再有嫌隙，我們也講好下星期五要到梅里琵宅邸吃晚餐。

和好如初！

> 我還是忘不了今天早上他衝向我的那個眼神，

亨利爵士說。

「但我不得不承認，他的道歉確實很有誠意。」

「他有解釋他的行為嗎？」

「他說他妹妹是他的一切，他們兩人相依為命，光是想到會失去她，他就心煩意亂。他還說他完全不知道我喜歡貝芮，所以看到我向她求婚對他打擊很大，他才會一時言行失控。他對今天早上的事感到非常抱歉。」

其中一個小謎團就這樣解開了。

華生筆 XOXO

另一封信！

第九章

（更多華生醫生捎來的消息）

現在來談談**半夜的哭聲**、巴瑞摩太太臉上的淚痕，還有巴瑞摩先生偷偷跑到西面玻璃窗前的事情吧。一夜之間，這三個謎團全解開了。

我和亨利爵士在他的房間裡一直等到凌晨三點。時間流逝的速度慢得出奇。鐘敲了一下、敲了兩下，就在我們絕望到要放棄的時候，我們聽見某個聲音，連忙迅速坐直身體。

走廊裡傳來腳步聲。

是他！

　　亨利爵士輕輕推開門，我們開始跟蹤巴瑞摩。

　　為了保險起見，我們脫下靴子光著腳走，但老舊的地板仍在我們腳下嘎吱作響……

　　我們發現巴瑞摩拿著蠟燭蹲在窗前，臉貼近玻璃窗，就像我那晚看到的一樣。

　　亨利爵士逕自走進房間，巴瑞摩嚇得從窗戶旁跳開。他漆黑的眼裡滿是**恐懼**與**驚愕**，目光不斷在我和亨利爵士身上來回移動。

很害怕！
很訝異！

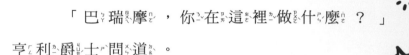

「巴瑞摩，你在這裡做什麼？」亨利爵士問道。

「沒什麼，先生。」他害怕到幾乎說不出話，手裡的蠟燭不停顫抖，燭光映照下的人影也隨之劇烈晃動。

巴瑞摩，你給我聽好，

亨利爵士的語氣非常嚴厲。「**不准說謊！**你到底在這扇窗前做什麼？」巴瑞摩扭緊雙手，看起來很痛苦。

不要問我，亨利爵士……
不要問我！這不是我的祕密，
我不能說。

我從他顫抖的手中接過蠟燭。

「他一定是用燭光當作信號。」我說，一邊拿著蠟燭模仿他的姿勢，望向窗外的黑夜，接著驚呼一聲。因為一個黃色的小光點突然從夜幕中跳出，在幽暗的方形窗框中央閃爍。

曠野上的
小火光

「在那裡！」我大喊。

「不，先生，那沒什麼，真的沒什麼！」巴瑞摩連忙插嘴解釋。

「先生，我保證……」

華生，把燭光移到窗戶另一邊！你看，那個火光也動了！你這個傢伙，還敢說這不是信號？快說，你們到底有什麼陰謀？

亨利爵士大聲說。

巴瑞摩大膽的違抗亨利爵士。

無可奉告。

「那我立刻解除你莊園管家

的職務，」亨利爵士說。「天哪，你

真該為自己感到羞恥。你的家族和我

的家族生活在同一個屋簷下長達百年

了，但你居然與我作對，在背地裡

搞鬼。」

**不，先生，不是這樣！
我們沒有要害你！**

一個女人的聲音

傳來。是巴瑞摩太

太，她站在房門口，

臉色比她先生更蒼

白，模樣也更惶恐。

「伊莉莎，我們該走

了，去收拾行李吧。」

巴瑞摩說。

都是我的錯！

「哦，約翰啊，是我連累了你。亨利爵士，是我的錯，全都是我的錯。他是因為我求他，他才為了我這麼做的。」她說。

「快說！到底怎麼回事？」

「我可憐的弟弟在曠野裡餐風露宿，我們不能眼睜睜看著他在莊園大門前餓死。燭光是給他的信號，告訴他食物準備好了，而他點起的燭光是要告訴我們送飯地點。」

「妳弟弟是……」

先生，是那個逃獄的囚犯——罪犯賽爾登。

哇！

賽爾登

我和亨利爵士**驚訝**的看著她。

什！麼！

哭泣的女人之謎！
巴瑞摩太太是為了她弟弟，也就是那個逃犯而哭！

謎團解開！

不會吧？眼前這個可敬的女人居然和全國最**惡名昭彰**的罪犯有血緣關係？

「千真萬確，先生，他是我親弟弟。他做了許多壞事，越陷越深。可是對我這個姊姊來說，他永遠都是那個有著一頭捲髮、我曾照顧過也一起玩耍過的小男孩。

他之所以逃獄就是因為知道我住在這裡，知道

小賽爾登

我一定會幫他，不會將他拒之門外。所以我們偷偷帶他進來，給他飯吃、照顧他。」

拿去吧，弟弟

謝了，老姊。這些比牢飯好吃多了

149

「後來你回來了，先生。我弟弟認為他還是到曠野去比較安全。每隔一天的晚上，我們會在窗前點蠟燭，看看他還在不在；如果有火光回應，我先生就會送點麵包和肉過去。」

香腸

「巴瑞摩，這是真的嗎？」

是的，亨利爵士，絕無虛言。

好吧，因為她是你太太，我不能責怪你幫助她。忘了我剛才說的話，你們兩個回房間休息，明天早上我們再好好談談這件事。

巴瑞摩夫婦離開後，我和亨利爵士又望向窗外。黃色小光點依舊在漆黑的遠方閃爍。

「如果是巴瑞摩負責送飯，地點應該不遠，」亨利爵士說。「那名逃犯一定就在燭光旁等待。」

華生，我要逮到那個傢伙！

穿上外套，
準備行動！

我腦海中也閃過同樣的想法。那個人危害了社會安全，說不定哪天深夜，史塔普頓家就會遭受襲擊。也許亨利爵士也是想到這點才決心冒險吧。

「我跟你去。」我說。

他真的很愛
貝芮・史塔普頓！

「帶著你的左輪手槍，穿上靴子，我們越快出發越好。那個傢伙可能會把燭火熄掉溜走。」

不到五分鐘，我們便出發追捕逃犯。我們在秋風的低吟和窸窣的落葉聲中匆匆穿過黑暗的灌木叢。月光不時從雲的隙縫間灑落，但隨著雲層開始聚集，我們剛踏上曠野，就飄起了綿綿細雨，而火光仍在前方閃動。

華生，我們這麼做，福爾摩斯會怎麼說？

亨利爵士問。

嗷嗚！

另一封信！

第十章

嗷嗚！

（又是華生醫生捎來的消息）

嗷嗚嗚嗚嗚嗚嗚嗚嗚嗚嗚！

　　遼闊陰森的曠野突然傳來一陣詭異的嚎叫，彷彿在回答亨利爵士的問題。我先前在廣袤的格林潘沼地邊也聽過這個聲音。

嗚！　嗷嗚嗚嗚嗚嗚嗚嗚嗚嗚！

　　怪聲乘著風穿過寂靜的夜晚，先是悠長深沉的低鳴，接著是高亢的怒吼，最後轉為悲傷的哀號，然後逐漸消逝。

嗷嗚嗚嗚嗚！　　　　嗚！

　　那聲音一陣一陣的持續，刺耳、充滿野性、懾人心魄，空氣也隨之震動。亨利爵士抓著我的衣袖，即便在黑暗中我也看得出來他的臉色一片慘白。

我的天啊，華生！
那是什麼聲音？

嗚！

　　「我不知道，那個聲音來自曠野，我之前聽過一次。」怪聲已經停了，此時四周一片死寂。我們站在原地側耳傾聽，但什麼也沒聽見。

華生，那是獵犬的叫聲。

　　他的聲音停頓了一下，被突如其來的恐懼嚇得說不出話，搞得我也不寒而慄。「當地人說這是什麼聲音？」他又問。

　　我猶豫了一下，看來沒辦法迴避這個問題。

　　「他們說這嚎叫聲出自──」

巴斯克維爾獵犬。

他發出一陣呻吟，接著沉默良久。

「天哪，難道那些傳說是真的？這裡真的有什麼邪惡的力量讓我身陷危險？華生，你不相信這種說法吧？」

「不，我不相信。」

「在倫敦，這可以當成茶餘飯後的笑料，可是站在幽暗的曠野裡親耳聽見那個叫聲……這又是另外一回事了。

還有我的伯父！他倒下的地方有獵犬的足跡，事情全都拼湊起來了。華生，我不是膽小鬼，但那個詭異的嚎叫似乎讓我全身血液凍結了。」

你摸摸我的手！

他的手有
如大理石
般冰涼。

我們要回去嗎？

不行，我們是來抓人的，不能半途而廢。

在陡峭山丘黑壓壓的剪影包圍下，我們跌跌撞撞的緩慢前進，黃色小光點依舊在前方的黑暗中閃爍。

又是那個小光點

在漆黑的夜色中很難判斷我們與燭光的距離，但我們確實知道已經離它很近了。終於，我們看到一根插在岩縫間的蠟燭，燭火搖曳不定。看見蠟燭在曠野中央獨自燃燒，周圍卻沒有半個人影，感覺真的很詭異。

「現在該怎麼辦？」
亨利爵士悄聲問道。

「看看他在不在附近。」

話才一出口，我們就同時瞥見
那名逃犯。

那是一張可怕的臉孔，

如野獸般
駭人，

骯髒
不堪，

鬍子濃
密粗硬，
頭髮也亂
七八糟。

他隨時都有可能離開亮光處，消失在黑暗裡，因此我一個箭步上前，亨利爵士也跟上。逃犯猛然跳起來，轉身就跑。

幸運的是，此刻月光正好自雲層間灑落，照耀著曠野。

我們一路衝上山丘頂端，只見那傢伙像山羊一樣在亂石間跳來跳去。

他要逃走了！

我們兩人都是訓練有素的奔跑好手，但還是追不上他，只能在月色下眼巴巴看著他跑遠，翻過遠處的小山丘，穿過亂石堆，變成一個迅速移動的小黑點。

他真的要逃走了！

他在這裡！

最終我們不得不停下腳步，坐在兩塊岩石上大口喘氣，望著他消失在遠方。

他不見了！

呼！

呼！

呼吸急促

大聲喘氣

　　就在這個時候，一件**意想不到的怪事**發生了。當時我們已經放棄追捕，準備返回莊園。

　　月亮低垂在右方的夜空，映襯出宛如一尊黑檀木雕像般漆黑的剪影。那是個**男人**站在**巨岩頂端**的身影。

他是誰？！

　　在我看來，那是名高瘦的男子。他低著頭，兩腿微微分開，雙臂交叉抱胸。

看樣子他不是那名逃犯。我失聲驚呼，連忙指給亨利爵士看，但下一秒那人就不見了。

你看！有人站在那塊岩石上！但……是誰啊？——

160

　　以上就是我們昨晚的經歷。親愛的福爾摩斯，我在回報消息這件事上做得很好，我想你應該也同意吧。

　　目前我們已經釐清了巴瑞摩夫婦那些行為背後的緣由。

　　但神祕的曠野依舊讓人摸不著頭緒，最好還是由你來親自調查。過幾天我會再寫信給你。

華生筆 XOXO

第十一章

華生醫生

10月17日

天氣陰沉多霧，空中飄著細雨。莊園內外籠罩著一股陰鬱的氣息。

那晚的驚險歷程讓亨利爵士心情低落，我也有種危機四伏的感覺。由於難以用言語形容，因此顯得格外可怕。這種感受是我憑空想像的嗎？

前任屋主的死完全應驗了家族傳說，當地居民也不時看見曠野中有奇怪的生物出沒。我就曾親耳聽見類似獵犬在遠方嚎叫的聲音，而且還聽過兩次。

家族傳說

汪！ 嗷嗚！

一隻能夠留下腳印，又能**仰天長嘯**的幽靈獵犬，實在難以想像。

要是我還有點常識，就**絕不可能**相信這種怪事。然而，**事實就是事實**，我的確在曠野中聽見這種叫聲兩次。

可是這麼大的

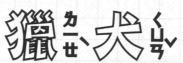

獵犬

能躲在什麼地方？

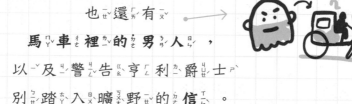

而且暫且撇開獵犬不談，

也還有
馬車裡的男人，
以及警告亨利爵士
別踏入曠野的信。

不曉得那個朋友
——或敵人——
現在在哪？

會是那個
站在岩石上的
陌生人嗎？

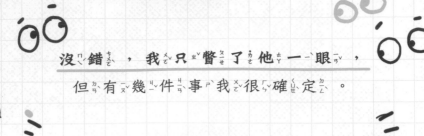

沒錯，我只瞥了他一眼，
但有幾件事我很確定。

他不是當地人，而且我
從沒見過他。

畢竟這裡的鄰居我都認識。

那個身影比
史塔普頓高，
也遠比法蘭克
朗瘦。

雖然有點像
巴瑞摩，但我
很肯定他不會
跟蹤我們。

可見，還有
個陌生人在
監視我們的
一舉一動。

巨岩上的男人之謎！

他是誰？又有什麼目的？

今天早餐後發生了一段小插曲。

巴瑞摩要求和亨利爵士在書房單獨談話。過沒多久，亨利便叫我過去，他對我說：

巴瑞摩覺得我們在知道實情後去追捕他的小舅子很不公平。

巴瑞摩站在我們面前。雖然臉色蒼白，但他很鎮定。

我真沒想到你會這麼做，亨利爵士。我真的沒想到。

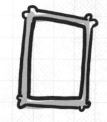

賽爾登很**危險**，除非他被關進監獄，否則大家都不會安全。

亨利爵士，我向你保證，再過幾天，等一切都準備好，他就會啟程前往南美洲。要是你告發他，我和我太太也一定會捲入這場麻煩。先生，**求求你**不要通知警方。

華生，你覺得呢？

我聳聳肩說：

如果他順利離開這個國家，也算是替納稅人減輕一項負擔。

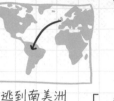

逃到南美洲

「這倒是真的，」亨利爵士附和道。「好吧，巴瑞摩……」

「**先生，願上帝祝福你**！要是他又被抓進去，我可憐的太太肯定活不下去的。」

「華生，我們算是幫助，還包庇了罪犯吧？算了，巴瑞摩，你可以走了。」巴瑞摩轉身離開，卻又停下腳步。

亨利爵士，你的恩情我感念在心。我願意盡我所能報答你。其實我知道一件事，與查爾斯爵士的死有關。

我和亨利爵士立刻站起身。

你知道他是怎麼死的？

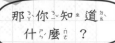

那你知道什麼？

不，先生，我不知道。

我知道他當時為什麼站在柵門前。他是為了跟一個女人見面。

「你怎麼知道？」

亨利爵士，那天早上，查爾斯爵士收到一封信，是從一個叫翠西山谷的地方寄來的，而且是**女人的筆跡**。

要不是我太太，我大概早就忘了這件事。幾個星期前，她去打掃查爾斯爵士的書房。自他死後，那間房便再也沒人動過了。我太太在壁爐架後面發現燒掉的信紙餘燼。

信的絕大部分都燒成碎片，只有信末還算完整，而且辨識得出文字，上面寫著：

你是位紳士，拜託了，
請把這封信燒毀，
十點於柵門前等候。
_L. L._

下方還署名 L. L.。

燒掉的信之謎！
寄這封信給查爾斯爵士的 L. L.
是誰？琳賽‧蘿涵？還是
里歐娜‧路易斯[1]？信裡還說了什麼？

①譯註：琳賽‧蘿涵 (Lindsay Lohan) 為美國著名演員，
里歐娜‧路易斯 (Leona Lewis) 為英國著名歌手。
兩人姓名縮寫皆為 L. L.。

「你知道這個 L.L. 是誰嗎？」

「不知道，先生。我了解的並不比你多。」

「好的，巴瑞摩。你可以走了。」

巴瑞摩離開後，亨利爵士轉向我。

華生，你對這條新線索有什麼看法？

感覺這一切越來越撲朔迷離了。

我也是這麼想。但要是能查出 L.L. 是誰，也許就能釐清真相。

我馬上回到房間，把早上這段對話記錄下來，準備回報給**福爾摩斯**。我知道他最近很忙。

真希望他人在這裡。

10 月 17 日

大雨下了一整天。雨水打得常春藤窸窣作響，雨滴也沿著屋簷不斷滴落。傍晚時分，我穿上雨衣，在泥濘的曠野上走了好長一段路，內心充滿可怕的想像。

我找到那座黑色巨岩，我就是在這裡看到那個孤獨的監視者。我站在陡峭的岩石頂端，眺望眼前這片荒涼的景色。

在左側遙遠的山谷中，巴斯克維爾莊園的兩座細尖塔從樹梢探出頭來。

我在前天晚上看見的陌生人則沒有留下半點蹤跡。

我在回程的路上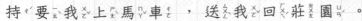
遇見**莫蒂默醫生**。他堅
持要我上馬車，送我回莊園。
　　「對了，莫蒂默，」我在我
們駛過顛簸的路面時說。「你認
識姓名縮寫為L.L.的女性嗎？」
　　他思考了幾分鐘。

蘿拉・萊昂
斯，她的姓名
縮寫是L.L.，
不過她住在
翠西山谷。

　　「她是誰？」我又問。

她是
法蘭克朗
的女兒。

什麼！
那個奇怪
的老頭
法蘭克朗？

燒掉的信之謎！
可能是蘿拉・萊昂斯女士
寄的。她是法蘭克朗的女兒。

170

「沒錯，她嫁給一位姓萊昂斯、來曠野寫生的藝術家。沒想到他是個無賴，竟然拋棄她。蘿拉過了一段非常難熬的日子。」

「她靠什麼維生？」

「她的遭遇傳開後，本地有一些人伸出了援手，讓她當打字員，自己賺錢過活。」

我只剩另外一件事情要記錄。

以下是我剛才和巴瑞摩的對話。

莫蒂默留下來吃晚餐，飯後他和亨利爵士一起玩牌。巴瑞摩送咖啡到書房給我時，我把握機會問他一些問題。

哎，你那位親戚已經走了嗎？還是仍在外面遊蕩？

我不知道，先生。我三天前送食物給他後，就沒再聽到他的消息了。

那一次你有見到他嗎？

沒有，先生。但我隔天回到那裡時，發現食物都不見了。

所以他一定還在曠野囉？

也許吧。

除非食物被**另一個人**拿走了。

我目瞪口呆的望著巴瑞摩，咖啡杯還舉在半空中。

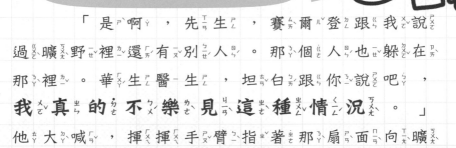

你知道還有另一個人？

「是啊，先生，賽爾登跟我說過曠野裡還有別人。那個人也躲在那裡。華生醫生，坦白跟你說吧，**我真的不樂見這種情況。**」他大喊，揮揮手臂指著那扇面向曠野、被雨水沖刷的窗戶。

> 關於那個陌生人，賽爾登還有說什麼嗎？

「賽爾登見過他一、兩次。從那人的外表看來像是**有身分地位的人**，但賽爾登不曉得他有何目的。」

「他知道那個人住在哪裡嗎？」

「在山坡上的老房子裡，就是那些老舊的石屋。」

「那他都吃什麼？」

「有個年輕男孩替他工作，負責送生活必需品給他。」

巴瑞摩離開後，我走到黑漆漆的玻璃窗前。

看來曠野那間石屋裡隱藏著重要關鍵，能解開讓我困擾已久的謎題。

我發誓，明天我一定竭盡所能，前往曠野直搗謎團核心。

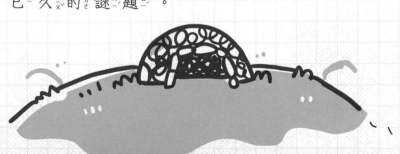

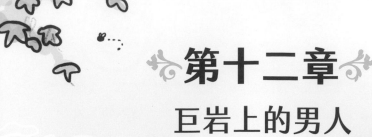

第十二章
巨岩上的男人

隔天，我駕著馬車去拜訪萊昂斯太太。

抵達翠西山谷後，我不費吹灰之力，很快就找到她居住的地方。我走進起居室時，一位女士立刻站起身，臉上帶著親切的笑容。她的眼睛和頭髮都是漂亮的淡褐色，臉頰透出淡淡紅暈。

你好！

我是為了已故的查爾斯·巴斯克維爾爵士前來拜訪。

我表明來意。

她臉色蒼白，臉上的雀斑似乎變得更明顯了。

我非常感謝他的善心。

「妳是不是有寫信給查爾斯爵士，要他在事發當晚跟妳碰面？」

我以為她快要暈過去了，但她努力讓自己恢復鎮定。

「關於這件事，我並不覺得丟臉。我當時希望他能幫助我。」

燒掉的信之謎！
是蘿拉・萊昂斯寄的！
為什麼呢？

「妳赴約後發生了什麼事？」

「我沒有去。」

萊昂斯太太！

我沒騙你，我以所有神聖事物起誓，我真的沒去。

我有私事要處理。

如果那天她真的有去巴斯克維爾莊園，她應該不太可能撒謊，畢竟路途很遙遠，不太可能保密到家。我帶著滿腹疑惑，沮喪的離開了，但我總覺得萊昂斯太太有事瞞著我……

　　現在我只好轉向曠野的石屋尋找其他線索。

　　我會搜查每一間石屋，直到找到神祕男子的住所為止。如果他正好在屋裡，我要他親口告訴我他是誰，還有他為什麼跟蹤了我們這麼久。之前在倫敦時，福爾摩斯讓他跑了，要是我能查明他的身分，就能替我們扳回一城。

調查過程中，幸運女神一次又一次的背棄我們，現在終於時來運轉了。而為我們帶來好運的人，正是法蘭克朗先生。臉色紅潤的他蓄著花白的鬍子，站在自家花園的門口。

你好啊，華生醫生！他放聲大喊。

讓馬兒休息一下，進來喝杯酒吧！

能來杯
蘇維濃白酒
當然好啦

我走下馬車，寫了張紙條給亨利爵士，告訴他我會準時回去吃晚餐，隨後便跟著法蘭克朗先生走進飯廳。

「今天可說是我這輩子最得意的一天，」他咯咯笑著說。「我講的話全應驗啦。」

「怎麼說？」我問。

老法蘭克朗露出沾沾自喜的表情。

是盜獵的訴訟案嗎？

我又問。

啊哈，孩子，比那重要多啦！

德文都日報

諾丁罕命案凶手仍逍遙法外

是關於曠野裡的逃犯！

我盯著他。「你該不會知道他在哪吧？」我說。

我不曉得他確切的藏身處，但我親眼看到一個小孩送食物給他。

我每天都用屋頂上的望遠鏡觀察那孩子。

他總是在同一時間出現在同一條路上，如果不是去找逃犯，他還能去哪？

我太幸運了！他看到的是那個小孩！巴瑞摩說過，有個年輕男孩替曠野裡的陌生人送日用品，因此法蘭克朗發現的不是逃犯，而是那個陌生人。

「我一再看見那個男孩背著小包袱走過。一天一次，有時一天兩次，每次我都能 —— 等等，華生醫生，是我眼花，還是山坡上有東西在動？」

我清楚的看見幾英里外有個小黑點在暗淡的綠色和灰色背景中移動。

「快來，華生醫生，快呀！」法蘭克朗一邊衝上樓，一邊大聲嚷嚷。「你自己看看就知道了！」

只見一個令人望而生畏的望遠鏡裝設在三腳架上，直立在平坦的鉛板屋頂上。法蘭克朗將眼睛靠上去，雀躍的歡呼。

快點，華生醫生，不然他就要翻過山頭了！

沒錯，那裡有一個小男孩肩上背著小包袱，吃力而緩慢的爬上山坡。

他鬼鬼祟祟的東張西望，好像很怕有人會跟蹤他。

第十三章

觸手可及的祕密

　　我成功阻止法蘭克朗陪我走回莊園。我一直沿著大路前進，在離開他的視線範圍後馬上轉向曠野，往那個男孩消失不見的石丘走去。

　　我抵達山頂時，太陽快要下山了。我腳下長長的山坡路，

一面是染上金黃的翠綠草地，

另一面則是灰暗的陰影。

那個男孩已經不見了。但我看見下方的山谷中有一圈古老的石屋群，中央那一間仍殘留著能夠遮風避雨的屋頂。

　　看到那間石屋，我的心開始怦怦亂跳。

那個陌生人一定就躲在這裡。

他的祕密觸手可及。

我小心翼翼的接近石屋，就像史塔普頓慢慢走向停住的蝴蝶、高舉著捕蝶網時一樣謹慎。我心裡暗自得意，這裡的確被某人當作棲身的地方。

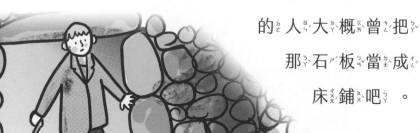

我握著腰間的左輪手槍槍柄，迅速來到石屋門口往內窺探。

屋裡空蕩蕩的。

然而，裡頭有許多跡象能證明我沒找錯地方。那個男人的確住在這裡。

有幾條毛毯用防水布捲了起來，放在一塊石板上。新石器時代的人大概曾把那石板當成床鋪吧。

簡陋的火爐裡留有燃燒後的灰燼，

旁邊還放著一些烹飪用具，

還有一個半滿的水桶。

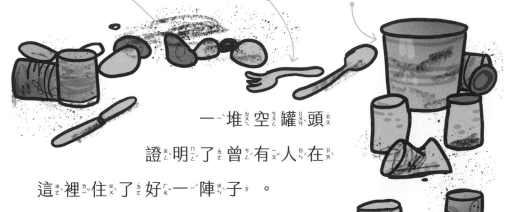

一堆空罐頭證明了曾有人在這裡住了好一陣子。

石屋中央有一個小小的布包袱，就是我透過望遠鏡看到小男孩背在肩上的那個布包，裡面有一條麵包、一罐醃牛舌和兩罐醃桃子。

那堆東西下方還有一張寫了字的紙條。我的心怦怦狂跳。

紙條上用鉛筆草草寫著：

華生醫生去了翠西山谷。

看來這個神祕人物跟蹤的並不是亨利爵士，而是我。難怪我總覺得四周有股看不見的力量，好像有張密實的大網巧妙的包圍著我們。他究竟是凶惡的敵人，還是我們的守護天使？我下定決心，沒找出答案前絕不離開這間石屋。

巨岩上的男人之謎！
他一直在監視華生！
可是……為什麼？他是危險人物嗎？

屋外太陽西下，天空閃耀著金黃與緋紅色餘暉。我帶著緊張卻堅定的心情坐在幽暗的石屋裡，耐心等待石屋的房客歸來。

終於，我聽見人走過來的聲音。遠處傳來靴子踏在岩石上的聲響。

一聲，

又一聲，

那人越來越靠近。

我退到屋內最黑暗的角落，緊握著口袋裡的手槍。我決心要在曝光自己的身分之前抓緊機會看看這神祕人物是誰。

腳步聲停了一下子，表示那人停下了動作。接著聲音又再度響起，一個身影出現在石屋門口。

日落真美，親愛的華生，

一個熟悉的聲音竄進我耳裡。

出來吧，我覺得外頭比裡面舒服多啦。

第十四章

曠野慘劇

我屏住呼吸，在原地呆坐了一會兒，不敢相信自己的耳朵。全世界只有一個人有那種冰冷、尖銳又嘲諷的語調。

我放聲大喊。

福爾摩斯！

福爾摩斯！

快出來吧，

他說。

小心你的左輪手槍。

他就坐在外面的石頭上，灰色眼眸開心的轉動。他消瘦而憔悴，但看起來依舊聰慧機靈。他線條分明的臉孔被陽光晒成古銅色，皮膚也因為風吹而變得乾燥粗糙。穿著花呢大衣、戴著便帽的他，看起來就跟來曠野玩的觀光客沒兩樣。

見到你真是太開心了！

我握著他的手說。

他換回平常的帽子！

你以為我是那個逃犯吧？

老實說我根本不知道你是誰，但我決心要查明你的身分。

「好極了，華生！你是怎麼找到我確切的藏身地點？是不是追捕逃犯的那晚，我不小心站在月光下被你看到了？」

「對，當時我看到你了。」

「你一定搜遍所有石屋才找到這間吧？」

「沒有，我看到你雇用的男孩了。」

「啊，鐵定是那個有望遠鏡的老人。我第一次瞥見鏡頭反光時，還搞不懂那是什麼呢。」

他站起來往石屋裡看。「哈，卡萊特又送補給品來了。那張紙條是什麼？」

巨岩上的男人之謎！
原來是福爾摩斯！

謎團解開！

那個幫忙送東西的男孩是地方信差卡萊特！

「所以你去了翠西山谷找萊昂斯太太？」

華生醫生去了翠西山谷。

「對，可是你究竟是怎麼過來的？這段時間你都在做什麼？我一直以為你在貝克街。」

我就是**希望**你這麼想。

「這麼説，你委託我卻不信任我！」我大喊，感到有點生氣。

「親愛的夥伴，在查案上，你一直給我很大的幫助，這次也不例外。如果我讓你覺得我要了花招，還請你原諒我。要是我、你和亨利爵士三人一同出現，只會讓已經很難纏的對手提高警覺罷了。」

「可是為什麼要瞞著我呢？」

「要是你知道實情，一定會想過來跟我說些什麼，或是好心拿些日用品來給我等等，這樣只會帶來不必要的風險。」

那我寫的那些報告不都白費了！

嘖嘖嘖！

我花了很多時間寫耶！

一想到寫報告時那種辛苦與自豪交織的心情，我的聲音不由自主的顫抖。

福爾摩斯從口袋裡拿出一疊信紙。

你的報告在這，親愛的朋友。我保證，我全都看過了。

這樁案件特別棘手，但你積極的態度和你展現出來的智慧都讓我很欣賞。

福爾摩斯的溫暖讚美驅散了我滿腔的怒氣。其實我也覺得他說得對，我不知道他躲在曠野裡對查案比較有幫助。

現在你知道我為什麼不跟你說了吧。別放在心上！

好，我明白了！

「好多了，」看到我臉上沮喪的神情消失，他再度開口。「告訴我你去找萊昂斯太太的結果吧。」

此時太陽西下，暮色籠罩整片曠野。外頭的空氣帶著一絲涼意，於是我們便進到石屋內取暖，在幽暗天色下交談。我把我和萊昂斯太太的對話一字不漏的告訴福爾摩斯。

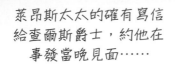

萊昂斯太太的確有寫信給查爾斯爵士，約他在事發當晚見面……

但她說她沒赴約，我相信她！

「這個情報極其重要，」福爾摩斯聽完後說。「將我無法連結的部分補上了。也許你已經察覺到萊昂斯太太和史塔普頓兩人十分親密？」

「我不知道這件事。」

「這點毫無疑問。他們經常見面、通信，對彼此相當了解。現在我們手上多了一樣很強大的武器，要是我能利用這一點來影響他的太太……」

「他的太太？」

「那位聲稱是史塔普頓妹妹的女士，其實是他太太。」

祕密揭曉！

史塔普頓和萊昂斯太太相愛？！

史塔普頓的妹妹其實是他的妻子！

「他為什麼要花那麼多心思策劃這場騙局？」

「因為讓他妻子假裝單身對他有好處。」

我心中所有下意識的直覺和模糊的懷疑突然間變得具體起來，集中在那位自然學家身上。那個戴著草帽，拿著捕蝶網，看似冷漠又毫無個性的男人，其實是個很有耐性、狡猾又狠毒，老是裝出一副笑臉的危險人物。

「所以，我們的敵人就是他？他就是在倫敦跟蹤我們的人？」

「對，我是這麼認為。」

「那封警告信……一定是他太太寄的！」

「沒錯。」

「可是，福爾摩斯，你確定嗎？你是怎麼知道那位女士是他太太的？」

「因為你初次見到史塔普頓時，他無意間透露了一段自己的真實故事。他說他曾在英格蘭北部當過小學校長。」

馬車裡的男人之謎！
是史塔普頓！

謎團解開！

警告信之謎！
是史塔普頓的妹妹
寄的……呃，他太太啦！

謎團解開！

史塔普頓在
第119頁有提到！

福爾摩斯接著說：「要調查小學校長很簡單。我只花了點功夫，就查到有一所學校在非常惡劣的情況下被迫關閉，學校負責人和他妻子不知去向。他們那時用不一樣的名字，不過相貌特徵完全吻合。我一發現失蹤的校長同樣對昆蟲學很感興趣，就確定了他的身分。」

昆蟲學
研究昆蟲的學科。

北方日報

每日頭條　　　　　　　　　　免費領取

學校永久關閉

本地學校關閉。一間位於英格蘭北方的學校因為某些問題被迫閉校。學校負責人范德勒先生及其妻子目前行蹤成謎。

關閉

據傳，范德勒先生非常熱衷於昆蟲學。

謎團一件件解開了，但許多真相仍然尚未明朗。

「如果那個女人真的是他的妻子，那萊昂斯太太又是從哪冒出來的？」我問道。

「她以為史塔普頓未婚，自然想和他結婚。我們目前的首要任務就是去找她，明天我們一起去。」

最後一抹晚霞自西方天際消失，夜幕降臨曠野。藍紫色天空中閃爍著幾點黯淡的星光。

「最後一個問題，福爾摩斯，」我站起身說。「這一切究竟意味著什麼？他到底有何目的？」

福爾摩斯壓低聲音說：

這是謀殺，華生。

精心策劃、冷血殘酷的蓄意謀殺。

「正如他對亨利爵士設下天羅地網一樣，我的網也緊緊罩住他了。多虧你的幫忙，我們就快抓到他了。如今只剩下一件事要擔心，就是他可能會先下手為強。再過一天，最多兩天，我就會把一切安排好……」

「你聽！」

啊啊啊啊啊啊啊！

一聲長長的可怕尖叫劃破了曠野中的寂靜，那聲音充滿了恐懼與痛苦。

那駭人的尖叫讓我不寒而慄。

第十五章

潛伏於亂石堆中

福爾摩斯猛然站起身，我看見他強健的黑色身影走到石屋門口。

噓！

他悄聲說。

噓！

那聲喊叫從漆黑又遙遠的平原傳來，現在卻響亮得彷彿在我們耳邊。聲音越來越近，越來越大聲，越來越急迫。

聲音從哪裡來的？

福爾摩斯低聲問道。我從他激動的語氣聽得出來，這個擁有鋼鐵般意志的人此刻也大為震懾。

華生，是哪一邊？

應該是那邊。

我指向那片黑暗。

不對，是那邊！

痛苦的哀號再次響徹寂靜的夜空，聽起來比先前更大聲，也更近了。其中還夾雜了一個新的聲音——一種低沉的咆哮，聽起來就像是音樂，但很恐怖。音調起起落落，有如海潮永無止境的低沉細語。

是獵犬！

福爾摩斯大叫。

快點，華生，快！天啊，說不定已經來不及了！

他飛也似的奔過曠野，我緊跟在後。

突然間，前方那片崎嶇不平的大地傳來一聲絕望的慘叫，

啊啊啊啊啊啊啊啊啊！ 石平。

緊接著是模糊的重擊聲。
我們停下腳步，仔細聆聽。
無風的夜一片死寂，沒有聲音再傳來。
我看見福爾摩斯用手扶著額頭，心煩意亂的不停跺腳。

我們輸了，華生，太遲了。

不，不會的！

　　我們摸黑亂跑，在亂石間跌跌撞撞。我們奮力穿過荊豆花叢，氣喘吁吁的爬上山丘，再飛快衝下山坡，朝恐怖嚎叫傳來的方向奔去。

　　「你有看到什麼嗎？」

　　「什麼都看不到。」

　　「你聽，那是什麼？」

　　一陣低沉的呻吟在我們耳邊迴盪。

　　又是從左邊傳來的！那裡有一道布滿岩石的山脊，盡頭是陡峭的懸崖。凹凸不平的地面上有個漆黑、形狀不規則的物體。原來是一個人趴在地上，弓著背，一副好像要翻筋斗的姿勢。

福爾摩斯伸手碰碰他，隨即縮回手，驚恐的呼喊了一聲。

他點了一根火柴，亮光照著他手指沾上的血塊與地上那灘可怕的鮮血。

我們循著火光望過去，眼前的景象讓人痛徹心扉。

那是亨利‧巴斯克維爾爵士的屍體！

我們兩個絕不可能忘記這套奇特的紅色花呢西裝。那天早上我們在貝克街第一次見到亨利爵士時，他就是穿著這套衣服。我們只來得及瞥一眼，火光就不停閃爍，旋即熄滅，彷彿就連希望也從我們的體內消逝了。福爾摩斯難過的呻吟，就算在黑暗中也看得出他的臉色慘白。

那個畜生！
那個畜生！

我緊握雙拳吶喊。

福爾摩斯，我沒有顧好他，還害他遭逢厄運，我永遠無法原諒自己。

我的罪過比你還重，華生。我只一心調查案子、急著破案，**竟將委託人的性命棄之不顧。**

但我怎麼知道……**我怎麼知道**他會無視我的警告，冒著生命危險獨自來到曠野？

我們應該聽得見他的呼救……**我的天哪，那就是他的尖叫聲！**我們卻來不及救他！

那隻奪走他性命的獵犬在哪裡？

或許牠現在就在這些亂石堆中遊蕩。

還有**史塔普頓**，他人呢？他要為自己的所作所為付出代價。

我們分別站在血肉模糊的屍體兩側，心如刀割。這突如其來且無可挽回的慘劇讓我們招架不住。看著亨利四肢扭曲的痛苦模樣，我心裡難受不已，

涙水模糊了

我的視線。

福爾摩斯，
我們得找人
來幫忙，

光靠我們
兩個沒辦法
把他抬回莊
園。天哪，
你瘋啦？

福爾摩斯突然
大叫一聲，俯身查
看屍體。

抽鼻子

咦？

等等……
這個人是誰？

他手舞足蹈，抓著我的手一邊搖晃，一邊大笑。

我們連忙把屍體翻過來，滴著血珠的鬍子在清澈冰冷的月光下一覽無遺。看著這突出的前額、如野獸般凹陷的雙眼，我很肯定是他。

在這一瞬間，我恍然大悟。

讀檔案129頁→

我記得亨利爵士說過，他將舊衣服全送給了巴瑞摩，巴瑞摩又將這些衣物轉送給賽爾登，協助他逃亡。這些靴子、襯衫、帽子全都是亨利爵士的。我把事情的來龍去脈告訴福爾摩斯，心裡充滿喜悅，萬分慶幸。

靴子

帽子

襯衫

「這麼說，是這些衣服害死了這可憐的傢伙，」他說。「那隻獵犬一定是先嗅聞了亨利爵士的東西，很可能就是在旅館被偷走的靴子。眼下的問題是，我們要怎麼處理這個惡人的屍體？總不能把他留在這餵烏鴉和狐狸吧。」

靴子之謎！
靴子是用來讓獵犬熟悉亨利爵士的味道！

謎團解開！

「我看我們先把他搬進一間石屋裡，再通知警方吧。」我提議。

「就這麼辦。我想我們兩人應該抬得動他。嘿，華生，你看！**正是那個人**！千萬別露出懷疑的樣子，什麼都別説，不然我的計畫就泡湯了。」

一個身影穿過曠野朝我們走來。月光灑落在他身上，我認出那位自然學家輕快的步伐。他一看到我們便停下腳步，然後又繼續前進。

華生醫生，是你嗎？

是我，史塔普頓，還有我同事夏洛克·福爾摩斯！

真沒想到這麼晚還會在曠野遇見你。

不，該不會是我們的好友亨利爵士吧！

很會演喔，史塔普頓

我的天哪，有人受傷了嗎？

他匆匆跑過我們身邊，彎下腰查看屍體。我聽見他倒抽一口氣。

天哪！

這……這個人是誰？

他結結巴巴的問道。

他叫賽爾登，是從王子鎮監獄逃出來的囚犯。

史塔普頓轉向我們，臉色蒼白，可以看出他努力克制住內心的訝異和失望。他用銳利的眼神盯著福爾摩斯，又看看我。

他是怎麼死的？

實在太可怕了！

「看起來他應該是從這些岩石上跌下來摔斷脖子，」我說。「我和我朋友在曠野裡散步時聽見了喊叫聲。」

「我也聽到了，所以才跑過來看看。我很擔心亨利爵士。」

「為什麼要擔心他呢？」我忍不住問道。

「因為我有邀請他來我家，他沒出現讓我很意外。聽到曠野傳來尖叫聲，我自然會擔憂他的安危。

對了……」他的目光飛快從我轉移到福爾摩斯身上。「除了叫喊之外，你們還有聽見什麼嗎？」

「沒有，」福爾摩斯回答。「你呢？」

「沒有。」

「那你為什麼這麼問？」

喔，你們也知道那個**幽靈獵犬**的故事嘛，據說深夜在曠野能聽見牠的嚎叫。不曉得剛才有沒有聽見獵犬的聲音。

「我們沒聽見什麼狗叫聲。」我又補上一句。

史塔普頓嘆了口氣，在我看來應該是放心的反應。「我本來想提議將這個可憐的人抬到我家，但我

妹妹一定會嚇壞。我看還是先用什麼東西蓋住他的臉，明天早上再處理好了。」

我們決定先這樣暫時安置賽爾登的遺體。福爾摩斯和我朝巴斯克維爾莊園的方向走，史塔普頓則獨自一人走回家。我們回頭望，只見那個身影緩緩穿過遼闊的曠野。他身後的銀白山坡上有個小黑點，賽爾登就靜靜躺在那個他慘死的地方。

第十六章

消失的線索

「我們就快抓到他了。」福爾摩斯在我們走過曠野時説。

華生，雖然我在倫敦時跟你説過了，但我現在得再次重申，這一次我們遇上了屬害的對手。

我們為什麼不立刻逮捕他呢？

我問道。

「親愛的華生，你天生就是行動派，帶著衝勁做事是你的本能。可是你想想，假如今晚直接逮捕他，對我們有什麼好處？我們沒辦法提出不利於他的證據，這就是他

最狡猾的地方！」

「我們當然有證據啊。」

「才怪，一個影子也沒有。要是我們帶著這些故事和證據上法庭，絕對會成為眾人的笑柄。親愛的夥伴，我們必須接受事實，目前我們還沒掌握到確切的證據，

而現在，任何行動都值得冒險一試。」

「那你打算怎麼做？」

「我認為把實情告訴萊昂斯太太後，她應該能給我們不少幫助。另外我也還有別的計畫。」

我試著追問，但問不出什麼。在我們抵達巴斯克維爾莊園大門前，福爾摩斯一路上都沉浸在自己的思緒裡。

你要進來嗎？

巴斯克維爾莊園

　　「要，反正也沒理由躲起來了。不過，華生，千萬別對亨利爵士提起獵犬的事。」

　　亨利爵士一見到福爾摩斯，與其說是驚訝，不如說是高興。然而，當他發現福爾摩斯沒帶行李，也不對沒帶行李的原因多做解釋，還是忍不住揚起眉毛，似乎有點懷疑。我們吃著遲來的晚餐，把應該讓亨利爵士知道的事都告訴他。除

此之外，我還肩負一項沉重的使命，要將壞消息告知巴瑞摩夫婦。

我和福爾摩斯在曠野散步時聽見喊叫聲。

很遺憾，妳的弟弟賽爾登不幸身亡。我們趕到時已經太遲了。

對巴瑞摩來說，這個消息可能讓他如釋重負，但巴瑞摩太太聽了卻抓著圍裙，哭得撕心裂肺。在世人眼中，賽爾登是個如魔鬼般殘暴的禽獸。

可是

在她心裡，

他永遠都會是那個

牽著她的手不放的小弟。

早上華生醫生出門後，我就一直悶悶不樂，

亨利爵士在用餐時說。

史塔普頓邀請我去他家。要不是我發過誓，絕不單獨外出，應該會有個很愉快的夜晚。

我想也是。

福爾摩斯冷冷的回應。

哈囉亨利爵士，
你今晚想來我們家和我們一起用餐嗎？
　　　史塔普頓筆

「案子查得怎麼樣了？」亨利爵士問道。「有頭緒了嗎？」

「這件案子極為複雜，而且困難重重，目前還有幾個疑點尚未釐清，但就快水落石出了。」

「想必華生已經告訴你了，」亨利爵士說。「我們曾在曠野上聽見一次獵犬的嚎叫聲。要是你能替那隻狗戴上嘴套、拴上鐵鍊，我馬上奉你為有史以來最偉大的偵探。」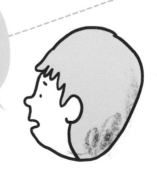

「只要你肯幫忙，我絕對做得到。」

「要怎麼做儘管說，全聽你吩咐。」

「這樣的話，我想，我們的小問題應該很快就能解決了。我有把握……」

福爾摩斯猛然打住，緊盯著我頭頂上方。

怎麼了？

他揮手指向牆上的一排肖像畫。

這些肖像畫得真好，

應該是家族肖像吧？

全部都是。

「拿著望遠鏡的紳士是誰？」

「是巴斯克維爾海軍少將。那位穿著藍色大衣，手拿著一捲紙的是威廉‧巴斯克維爾爵士。」

「那這位保皇派騎士呢？穿著黑色天鵝絨、有蕾絲裝飾的？」

「那是惡人雨果，這一切厄運的根源。巴斯克維爾獵犬的傳說就是從他開始的。我們很難忘記他。」

我帶著驚奇的目光，饒富興味的望著那幅畫像。

「我的天啊！」福爾摩斯大喊。他似乎被老雨果的畫像深深吸引，用餐期間，他的目光一直緊盯著那玩世不恭的人。

福爾摩斯為什麼對這幅畫這麼感興趣呢？

後來亨利爵士回房間後，我才摸清楚福爾摩斯的思路。福爾摩斯舉著他從臥房裡拿的蠟燭，帶我回到宴會廳，把燭光湊近牆上那幅因年代久遠而染上汙漬的畫像。

「你有看出什麼嗎？」

福爾摩斯問道。

我看著那頂綴有羽毛的寬邊帽，

垂落的捲髮，

白色蕾絲衣領，

以及那張不太和善的臉孔。

從他緊抿的薄脣、冷漠又頑固的眼神看來，他的面孔雖然稱不上凶惡，卻也顯得拘謹、尖刻又嚴厲。

「像不像你認識的人？」

「下巴跟亨利爵士滿像的。」

「也許有那麼一點。等等！」福爾摩斯站到椅子上，左手拿著蠟燭，右手遮住寬邊帽和垂落的長捲髮。

我的天哪！

我忍不住驚呼。

史塔普頓的臉猛然從畫布上跳出。

「哈，你看出來了吧，」福爾摩斯說。「我的眼睛經過特殊訓練，能不受裝飾物影響，直望人物的真實面貌。犯罪偵查員的首要特質，就是必須看破偽裝。」

「太不可思議了，這簡直是史塔普頓的畫像嘛。」

「沒錯，史塔普頓是巴斯克維爾家的人，這就是證據，這幅畫就是消失的線索。我們逮到他了，華生，我們終於逮到他了。我敢說，不用等到明天晚上，他就會被我們布下的網抓住，然後像他的蝴蝶一樣絕望的亂拍翅膀。」

凶手動機之謎！
史塔普頓是巴斯克維爾家族後裔，因此有機會繼承查爾斯爵士的財產

第十七章

收網

他好早起！

隔天早上我很早就起來了，不過福爾摩斯比我更早。我換衣服時看到他沿著車道走來。

「網子都就定位了！」他因為即將展開行動而興奮的搓著雙手。

「下一步要怎麼做？」

「去找亨利爵士。啊，他來了！」

「早安，福爾摩斯，」亨利爵士說。「你看起來就像個策劃戰略的將軍。」

「正是。華生正在詢問指令呢。」

「我也聽候你的差遣。」

很好。據我所知，今晚你受邀到史塔普頓家吃飯？

我希望你也一起來。他們很好客，一定很高興見到你。

「我和華生恐怕得回倫敦一趟。」福爾摩斯說。

亨利爵士拉長了臉，表情明顯不悅。

喔。

「你們打算什麼時候走？」

「吃完早餐立刻出發。華生，你寫封信給史塔普頓，告訴他你很遺憾無法出席。」

我也想跟你們去倫敦，

亨利爵士說。

為什麼我得一個人留在這裡？

「因為你答應過我，無論我說什麼你都會照做，我要你留下來。」福爾摩斯說。

「好吧，我留下來。」亨利爵士說。

「還有一件事！我希望你坐馬車前往梅里琵宅邸，再把馬車打發回來，而且一定要讓史塔普頓知道你打算走路回家。」

徒步穿越曠野？

沒錯。

但你不是一直叮囑我別這麼做嗎？

這次照我說的話做就對了。

☑和史塔普頓家一起吃晚餐
☑和他們說你打算獨自穿過曠野走路回家

好，我會照做。

我們向悶悶不樂的亨利爵士告別，兩個小時後便來到翠西山谷的車站。一個小男孩正在月臺上等我們，手裡還拿著一封電報。福爾摩斯把電報遞給我，上面寫著：

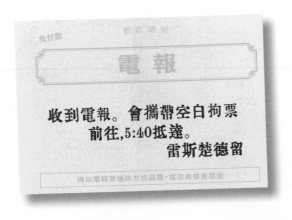

郵政總局

免付費

電 報

收到電報。會攜帶空白拘票前往，5:40抵達。
雷斯楚德留

得以電報等通訊方式回覆，或交由信差遞送

雷斯楚德警探
時常向福爾摩斯諮詢案件的警探

「我認為他大概是全國警探中最厲害的一位，我們可能需要他的協助。好了，華生，我們最好利用這段時間去拜訪一下萊昂斯太太。」

翠西山谷

我們抵達時萊昂斯太太在辦公室裡，福爾摩斯直率的開場白讓她相當意外。

　　「我正在調查**查爾斯・巴斯克維爾爵士**的命案，」他說。「我們認為這是一起**蓄意謀殺**。根據我們掌握到的證據，不只妳的朋友史塔普頓會受牽連，就連他的妻子也會遭殃。」

萊昂斯太太猛的站起身。

他的
妻子！

她驚呼。

「那名聲稱是他妹妹的人其實是他妻子。」福爾摩斯解釋。

萊昂斯太太再度坐下，她的雙手緊抓著椅子扶手。我注意到她的粉紅色指甲因為出力而泛白。

他的妻子！ 她重複。

他的妻子！拿出證據啊！如果沒辦法，你就……

她眼裡的怒火說明了一切。

「我來這裡就是想拿證據給妳看。」福爾摩斯說，一邊從口袋裡抽出幾張文件。

「這是他們夫婦四年前在約克郡拍的照片，上面寫著『范德勒夫婦』，但妳應該很輕易就能認出他，當然還有他太太，如果妳們見過面的話。」

范德勒夫婦

「福爾摩斯先生，」萊昂斯太太開口。「這個人曾跟我說，只要我和我丈夫離婚，他就會跟我結婚。這個壞蛋，居然用這些花招哄騙我。你想問什麼儘管問，我不會再隱瞞了。」

有一點我可以發誓，我寫那封信時，做夢也沒想到會傷害到查爾斯爵士。他是個善良的人，也是我的朋友。

「夫人，我相信妳，」福爾摩斯說。「是史塔普頓建議妳寄出那封信的嗎？」

「對，是他要我寫的。」

我想他給妳的理由，應該是妳能從查爾斯爵士那裡得到經濟援助，來支付離婚訴訟費用吧？

燒掉的信之謎！
是史塔普頓要
蘿拉‧萊昂斯寄的

謎團解開！

沒錯。

寫信給查爾斯爵士，約他半夜出來見面。

他可以幫妳付離婚費用……我們就可以結婚了！

好，聽起來不錯！

「妳把信寄出去後，他又勸妳不要赴約？」

「他說讓別人出錢會傷到他的自尊心。」

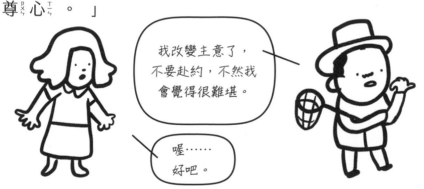

我改變主意了，不要赴約，不然我會覺得很難堪。

喔……好吧。

「在妳從報上得知查爾斯爵士過世之前，妳都沒聽見什麼風聲？」

「沒有。」

「他是不是還要妳發誓，絕對不會跟任何人提起約查爾斯爵士見面的事？」

「對，他說查爾斯爵士的死疑點重重，要是真相傳出去，我會變成頭號嫌疑犯。他嚇唬我，逼我保持沉默。」

絕對不能向任何人提起那封信，他們會覺得妳是凶手！

「妳很幸運能逃出他的魔爪，」福爾摩斯說。「他明知妳握有他的把柄，卻還留妳一命。這幾個月來，妳一直在死亡邊緣徘徊。」

倫敦特快車轟隆隆的駛進車站，一個身材矮小，如鬥牛犬般結實的男人從頭等車廂一躍而下。我們三人握手致意。

> 有好案子嗎？

雷斯楚德問道。

> 這幾年來最大的案子。

福爾摩斯答。

「在行動之前，我們還有兩個小時的空檔。我想我們先吃晚餐，然後，雷斯楚德，我們會帶你去達特穆爾呼吸一下夜晚的新鮮空氣，把你喉嚨裡的倫敦濃霧趕出來。你沒來過這裡吧？好極了，我想你絕對不會忘記第一次來訪的經驗。」

第十八章

巴斯克維爾的獵犬

我們又回到曠野裡了，一陣寒風撲上我們的臉，狹窄的車道兩旁是無盡的黑暗，一陣激動和緊張感湧上我的心頭。嚴峻的考驗在前方等待著。

馬兒每踏一步，車輪每轉一圈，都帶我們離眼前這場危機四伏的冒險更近。

「你有帶武器嗎，雷斯楚德？」矮個子警探笑了起來。

只要我有穿褲子，屁股後面就有口袋。既然有口袋，我就會放點什麼。

很好，我和我朋友也做了應急的準備。

我們付了車錢，請馬車夫立刻返回翠西山谷，然後徒步前往梅里琶宅邸。

「你對這件案子的口風還真緊，福爾摩斯先生。我們現在要做什麼？」

「靜靜的等。」

「我的老天，這個地方還真陰森，」雷斯楚德望著周遭朦朧的山影和格林潘沼地上的濃霧，忍不住打了個冷顫。「我看到前方屋子裡的燈光了。」

「那是梅里琵宅邸，也就是我們的目的地。現在請你們踮起腳尖走路，用氣音說話。」

我們小心翼翼的走上小徑，朝梅里琵宅邸的方向前進。但當我們走到離房子約兩百碼的地方時，福爾摩斯突然叫住我們。

在這就行了，

他說。

右邊這些岩石是絕妙的屏障。

「我們就在這裡等嗎？」

「對，我們就在這裡埋伏。雷斯楚德，過來躲在坑洞這邊。華生，你去過梅里琵宅邸吧？你記得屋內的配置和格局嗎？最左邊的格子窗是哪間房的？」

「應該是廚房的窗戶。」

「那再過去一點那扇比較明亮的呢？」

「鐵定是飯廳。」

「百葉窗是拉起來的。你最熟悉這裡，你悄悄溜過去看看裡面的情況，千萬別讓他們發現啊！」

我躡手躡腳的踏上小徑，找到一個可以直接望進窗戶的地方。

飯廳裡只有亨利爵士與史塔普頓。他們側身朝著我，面對面坐在

圓桌兩端，兩人都在抽雪茄，桌上擺著咖啡和葡萄酒。

史塔普頓興奮的高談闊論，亨利爵士卻臉色蒼白，或許他是想到晚點要獨自穿越那片不祥的曠野，所以心情沉重吧。

我繼續觀察他們，這時史塔普頓突然起身離開飯廳。我聽見門打開的嘎吱聲，緊接著是靴子踩上碎石路的清脆聲響。只見史塔普頓來到果園一角的小屋門口，用鑰匙打開門，走進小屋，裡面傳來一陣類似扭打的奇怪噪音。

他很快就出來了。我再度聽見鑰匙轉動的聲音，然後看著他沿原路返回宅邸。

嘎吱

扭打聲

他回到飯廳加入亨利爵士，我則偷偷摸摸的回到埋伏點，把剛才看到的一切告訴福爾摩斯與雷斯楚德。

廣闊的格林潘沼地籠罩著一片白色濃霧。

白霧緩緩朝我們飄來，霧相當厚重，且離地面很近。在月光照耀下，它看起來就像一片閃閃發亮的冰原。

「華生，霧飄過來了，可能會打亂我的計畫。現在已經十點了，亨利不能再待太久。我們的成敗，甚至他的性命都取決於他能不能趕在濃霧遮蔽小徑前出來。」福爾摩斯不耐煩的低聲咕噥。

今晚的夜空清朗無雲。在閃著銀光的天空下，眼前漆黑的房屋輪廓格外突出。幾道金黃色亮光從較低的窗戶直射出來，照到了果園和曠野。突然間，其中一道光熄滅，只剩下飯廳的燈還亮著。

僕人也都離開廚房，留下兩名抽雪茄聊天的男子，一人是蓄意謀殺的屋主，另一人是毫不知情的客人。

隨著時間過去，那遮住半片曠野的白色大霧緩緩朝宅邸飄去。幾縷淡淡的霧氣已經飄到透出金黃亮光的窗前了。

漩渦狀的白霧慢慢爬上屋子邊緣，形成一堵厚實的霧牆。遠遠望去，房子的二樓和屋頂就像一艘奇形怪狀、在朦朧海面上漂流的船隻。福爾摩斯激動的拍打岩石，焦急的跺腳。

要是他十五分鐘內不出來，小徑就會被濃霧遮蔽。再過半小時，我們就算把手伸到眼前也看不見了。

他跪下來，把耳朵貼在地面上。

謝天謝地，我聽到他走過來的聲音了。

一陣急促的腳步聲劃破了寧靜的曠野。聲音越來越大，終於，我們等待的人，有如穿過簾幕般走出了霧牆。

亨利爵士四下張望，踏入繁星點點的清朗夜色中。他迅速走上小徑，走經我們藏身的地方，繼續爬上我們身後的山坡。他行進時還不時回頭看，看起來很不安。

噓！

福爾摩斯說。
我聽見他
扣扳機的聲音。

注意！
牠來了！

濃霧緩緩朝我們飄來，
霧中不斷傳來輕快
而細碎的啪噠聲。

現在霧氣距離我們趴下的地方
不到五十碼，我們三人瞪大
雙眼緊盯著白霧，不知道會有
什麼可怕的東西跳出來。

我趴在福爾摩斯的手肘旁，飛
快瞥了他一眼。他蒼白的臉孔流露
出狂喜的神色，雙眼在月光映照下
閃閃發光。

就在這時，
他突然直直盯著
前方某個東西，
驚愕的張大嘴巴。

同時，雷斯楚德也發出一聲恐懼的叫喊，

!!!

然後他馬上臉朝下撲倒在地。

唉呀！

我立刻跳了起來，麻木的手緊握著手槍。我被霧影中撲向我們的那個可怕身影嚇得魂飛魄散。

那是一隻龐大、如煤炭般黝黑的獵犬，

但絕不是一般常見的那種獵犬。

牠的血盆大口彷彿正噴著火，

雙眼像燃燒的火苗般奪目，

就連口鼻、頸背和喉部的垂肉彷彿都閃著火光。

那個黑色軀體和猙獰的狗臉從濃霧中衝出。

就連在最瘋狂、最混亂的夢境裡，也不會出現

和牠同樣凶惡、駭人、
宛如惡魔的怪獸。

巨大的黑色獵犬沿著小徑狂奔，緊追著亨利爵士。

我和福爾摩斯同時開槍，獵犬發出一陣可怕的嚎叫。

砰！

砰！

可是牠沒有停下來，反而繼續往前跑。

我們看見遠處的亨利爵士回頭張望，害怕的高舉雙手。他絕望的瞪著那隻追捕他的惡獸。

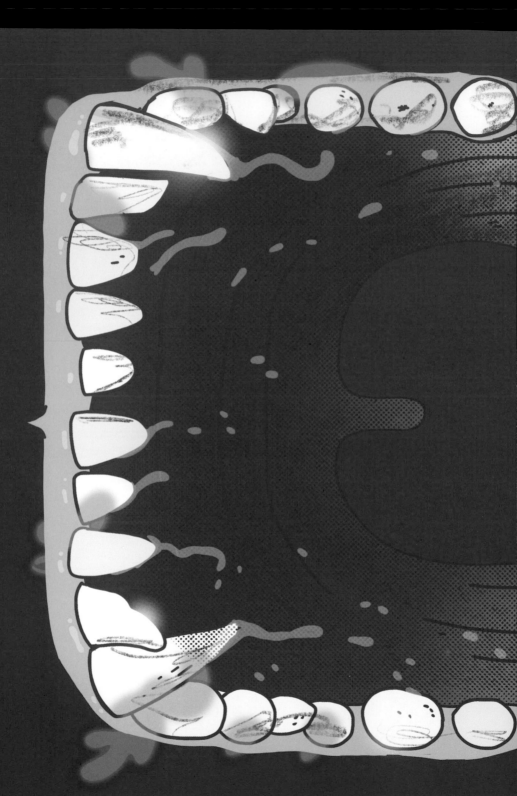

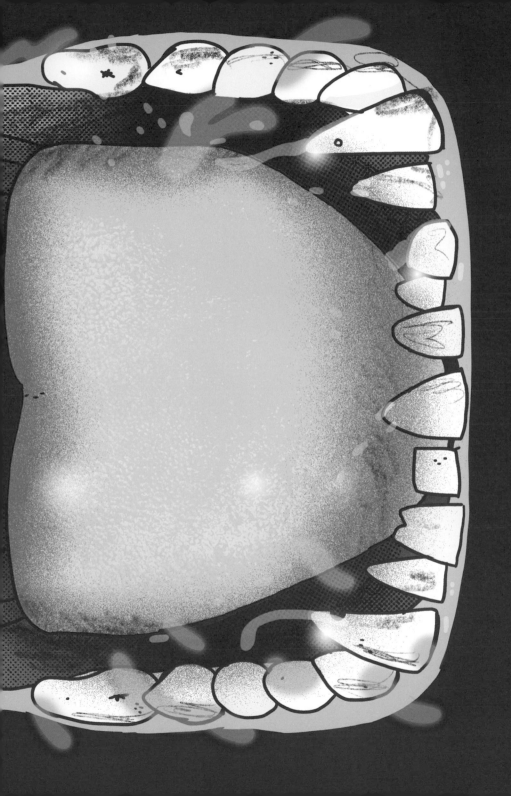

我從沒看過有人
跑得像福爾摩斯
那晚一樣快。

我們沿著小徑飛奔，
聽見前方傳來亨利爵士

救命　救命
救命
救命　救命
救命　救命
救命　救命
救救命命
救命　救命
救命　救命

的高聲呼喊，
以及獵犬低沉的怒吼。

我趕到的時候，正好看見

咬！

獵犬撲向亨利爵士。

下一秒，福爾摩斯一口氣將手槍裡的五顆子彈全射進獵犬側腹。

獵犬發出痛苦的哀號，朝空中凶惡的咬了一口，接著牠重重翻倒在地，四腳朝天瘋狂亂踢，然後往旁邊一癱，動也不動。

這隻大獵犬就這麼斷氣了。

第十九章

惡人

亨利爵士躺在他摔倒的地方，昏了過去。我們連忙解開他的衣領。所幸救援來得及時，看到爵士身上沒有明顯外傷，福爾摩斯感激的默念幾句禱告。這時，亨利爵士的眼皮微微顫抖，他無力的掙扎了一下，想挪動身體。

「那是什麼？」他輕聲問道。

「天哪，那究竟是什麼東西？」

「不管是什麼，牠都已經死了，」福爾摩斯回答。「我們把糾纏巴斯克維爾家族的惡魔消滅了。」

巴斯克維爾
獵犬
安息於此

獵犬四肢攤開倒在我們面前，光是牠的體型和力氣就讓人萬般驚駭。牠瘦削、凶悍，身體大小和一頭母獅差不多。那張大嘴看起來仍濺出點點火花，恐怖又凹陷的小眼四周似乎也環繞著一圈烈焰。

我伸手摸摸牠發光的口鼻。抬起手時，我發現我的手指彷彿也在燃燒般，在黑暗中閃著幽幽微光。

是磷。我說。

「他還真狡猾。」福爾摩斯說，嗅了嗅獵犬的屍體。「磷沒有氣味，不會影響獵犬的嗅覺。亨利爵士，真的很抱歉讓你受到這麼大的驚嚇。

我原以為是普通的**獵犬**，沒想到居然是隻可怕的巨獸。」

磷

一種暴露在氧氣中會發光的化學元素。由此可知，那隻獵犬不是什麼地獄來的惡魔獵犬，只是一隻體型龐大的狗，史塔普頓用磷讓牠看起來很嚇人。

你ㄋㄧˇ們ㄇㄣ˙救ㄐㄧㄡˋ了ㄌㄜ˙我ㄨㄛˇ。

亨ㄏㄥ利ㄌㄧˋ爵ㄐㄩㄝˊ士ㄕˋ搖ㄧㄠˊ搖ㄧㄠˊ晃ㄏㄨㄤˋ晃ㄏㄨㄤˋ的ㄉㄜ˙站ㄓㄢˋ起ㄑㄧˇ身ㄕㄣ，我ㄨㄛˇ們ㄇㄣ˙扶ㄈㄨˊ他ㄊㄚ到ㄉㄠˋ岩ㄧㄢˊ石ㄕˊ邊ㄅㄧㄢ坐ㄗㄨㄛˋ下ㄒㄧㄚˋ，他ㄊㄚ把ㄅㄚˇ臉ㄌㄧㄢˇ埋ㄇㄞˊ進ㄐㄧㄣˋ掌ㄓㄤˇ心ㄒㄧㄣ瑟ㄙㄜˋ瑟ㄙㄜˋ發ㄈㄚ抖ㄉㄡˇ。

「你ㄋㄧˇ留ㄌㄧㄡˊ在ㄗㄞˋ這ㄓㄜˋ裡ㄌㄧˇ吧ㄅㄚ˙，」福ㄈㄨˊ爾ㄦˇ摩ㄇㄛˊ斯ㄙ說ㄕㄨㄛ。「剩ㄕㄥˋ下ㄒㄧㄚˋ的ㄉㄜ˙事ㄕˋ交ㄐㄧㄠ給ㄍㄟˇ我ㄨㄛˇ們ㄇㄣ˙，現ㄒㄧㄢˋ在ㄗㄞˋ每ㄇㄟˇ分ㄈㄣ每ㄇㄟˇ秒ㄇㄧㄠˇ都ㄉㄡ很ㄏㄣˇ重ㄓㄨㄥˋ要ㄧㄠˋ。我ㄨㄛˇ們ㄇㄣ˙掌ㄓㄤˇ握ㄨㄛˋ了ㄌㄜ˙案ㄢˋ子ㄗ˙，現ㄒㄧㄢˋ在ㄗㄞˋ要ㄧㄠˋ來ㄌㄞˊ抓ㄓㄨㄚ人ㄖㄣˊ了ㄌㄜ˙。」

我們衝進敞開的梅里琵宅邸大門。福爾摩斯提著燈，仔細搜索屋內每一個角落。

沒有看見史塔普頓的蹤影。

我們來到二樓，發現有一間臥室的門上了鎖，

裡面傳來微弱的呻吟聲和窸窣聲。

福爾摩斯用力一踹，門應聲打開。
我們三人拿著手槍衝進去。

房內布置得像座小型博物館，牆上擺著一排排玻璃蓋展示盒，裡面裝著蝴蝶與飛蛾標本。

房間正中央有一根直立的柱子，有一個人被緊緊綁在上頭，嘴裡還被塞著布。

我們急忙替史塔普頓太太鬆綁，拿掉她嘴裡的布；她身體一軟，癱倒在我們面前。

他安全嗎？

她問道。

他有逃走嗎？

夫人，他是逃不出我們手掌心的。

「不，我不是說我先生，我是說亨利爵士。他還好嗎？」

「他沒事。」

「那獵犬呢？」

「已經死了。」

她如釋重負的長嘆一口氣。

「謝天謝地！謝天謝地！喔，

這個惡人，看看他是怎麼對待我的！」她說著忍不住痛哭起來。

「既然妳已經對他毫無感情，不如告訴我們哪裡可以找到他吧。」福爾摩斯說。

「他只有一處可逃，」她回答。「沼澤中央的小島上有一座老舊的錫礦場，他就是把獵犬藏在那裡。他

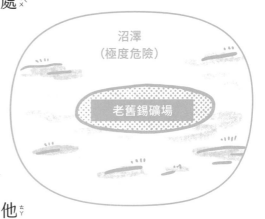

還做了許多準備，以免需要避風頭。他一定會去那裡。」

我們都很清楚，除非白霧散去，否則任何追捕都是徒勞。我們讓雷斯楚德守在梅里琵宅邸，我和福爾摩斯送亨利爵士回巴斯克維爾莊園。

第二十章

最終章

現在讓我快速替這件奇特的案子畫下句點吧。

啪哦！啪滋！

獵犬死後的隔天早晨，濃霧終於消散。史塔普頓太太帶著我們走上蜿蜒的小路，穿過一叢又一叢雜亂的燈芯草、無數混濁的泥坑和浮著綠沫的水窪。不熟悉當地環境的人根本無法通過。

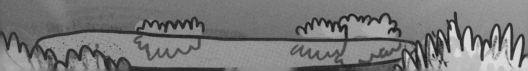

繁茂的蘆葦和黏滑的水草散發出一股腐爛的臭味。我們不只一次失足陷入深及大腿、流動的黑色泥沼裡，彷彿有隻邪惡的手將我們拖向汙泥深處。

這時，我們發現羊鬍子草叢之間有個黑色物體，從溼黏的泥土裡探出來。

福爾摩斯從小路邁出一步想抓住那個東西，結果卻身陷泥沼，軟爛的泥巴一直埋到腰際。要不是我們在那裡把他拉出來的話，他大概早就滅頂了。

他舉起一隻黑色靴子。

這個泥巴浴很值得，他說。

這是亨利爵士被偷的靴子。

「一定是史塔普頓逃跑途中丟下的。」

「沒錯，他用這隻靴子讓獵犬認得亨利爵士的氣味，用完還將靴子留在手邊。」

乖狗狗，聞聞這個。這就是你要追的人！

嗅！

不過除此之外，我們無法得知更多真相了。沼澤地很難找到腳印。如果大地展現出來的一切屬實，那麼史塔普頓昨晚並沒有成功抵達藏身處。

也許這個冷血殘酷
的傢伙，已經被格林
潘泥沼深處的混濁
爛泥吞噬，

永遠

埋葬

在

地底。

完。

亞瑟・柯

夏洛克・福爾摩斯的靈感來自他的老師

福爾摩斯的人物靈感源自道爾的大學教授喬瑟夫・貝爾。貝爾教授很喜歡從微小的細節推論出事實，就連福爾摩斯的容貌也與他有幾分相似。道爾將《福爾摩斯探案》一書獻給貝爾教授時，貝爾教授告訴他「你就是福爾摩斯的化身，這點你很清楚」。

他在現實生活中也會辦案

和福爾摩斯一樣，道爾在現實生活中也會兼職辦案。其中最有名的案子，是他協助推翻奧斯卡・史拉特的判決結果。史拉特沒有犯罪，卻莫名背上謀殺罪名，服了二十年的刑。道爾不遺餘力為他發聲奔走，要求當局釋放他，還寫了《奧斯卡・史拉特案》一書，懇求政府赦免他。

他很會打板球和踢足球

道爾很有運動細胞，他和《彼得潘》作者詹姆斯・馬修・巴利隸屬同一支板球隊。

南・道爾

小趣事

他認識知名魔術師哈利・胡迪尼

道爾和胡迪尼兩人都對降靈術（一種可以讓死者與生者溝通的方法）很感興趣，因而結為好友。然而，一九二二年，這段友情就此灰飛煙滅。當時道爾和他太太舉辦了降靈會，召喚胡迪尼已故母親的靈魂，還拿了一封據稱是他母親寫的信給他看。胡迪尼大發雷霆，因為那封信是用英文寫的，但他母親根本不會說英語！

他相信仙子的存在！

一九二〇年代，艾爾西・萊特與法蘭西絲・格里菲斯兩位年輕女孩分享多張她們被花仙子環繞的照片，不少人都相信這是仙子與靈魂存在的證明，道爾就是其中之一。他藉由這些照片闡述觀點，寫了一篇名為〈仙子存在的證據〉的文章，後來更創作出《仙子降臨》一書。

國家圖書館出版品預行編目資料

漫畫文學經典系列：福爾摩斯與巴斯克維爾的獵犬／
亞瑟.柯南.道爾(Arthur Conan Doyle)原著;傑克.諾爾
(Jack Noel)改寫.繪圖;郭庭瑄譯.ーー初版二刷.ーー臺
北市: 弘雅三民，2023
　　面；　公分.ーー（小書芽）
　　譯自：Comic Classics : The Hound of Baskervilles
　　ISBN 978-626-307-603-7（平裝）

873.596　　　　　　　　　　111004916

小書芽

漫畫文學經典系列：福爾摩斯與巴斯克維爾的獵犬

原　著	亞瑟·柯南·道爾
改　寫	傑克·諾爾
繪　圖	傑克·諾爾
譯　者	郭庭瑄

發 行 人	劉仲傑
出 版 者	弘雅三民圖書股份有限公司
地　　址	臺北市復興北路 386 號 (復北門市) 臺北市重慶南路一段 61 號 (重南門市)
電　　話	(02)25006600
網　　址	三民網路書店 https://www.sanmin.com.tw

出版日期	初版一刷 2022 年 6 月 初版二刷 2023 年 6 月
書籍編號	H859260
I S B N	978-626-307-603-7

COMIC CLASSICS: THE HOUND OF BASKERVILLES
Originally published in English by Farshore, an imprint of HarperCollins*Publishers*
Ltd. under the title: The Hound of Baskervilles
Text and illustrations copyright © 2021 Jack Noel
Traditional Chinese copyright © 2022 by Honya Book Co., Ltd.
Translated under licence from HarperCollins*Publishers* Ltd.
ALL RIGHTS RESERVED

弘雅三民圖書